DASHIELL HAMMETT

[美]汉密特 著
林大容 译

The THIN MAN

颠覆

北京联合出版公司
Beijing United Publishing Co.,Ltd.

图书在版编目（CIP）数据

颠覆 /（美）汉密特著；林大容译 . —北京：北京联合出版公司，2012.5
（2023.3 重印）

ISBN 978-7-5502-0695-3

I.①颠⋯　II.①汉⋯　②林⋯　III.①侦探小说—美国—现代　IV.① I712.45

中国版本图书馆 CIP 数据核字 (2012) 第 085726 号

本书译文由台湾脸谱出版社股份有限公司授权使用

颠覆

作　　者：[美]汉密特
译　　者：林大容
出 品 人：赵红仕
责任编辑：崔保华
封面设计：吴黛君

北京联合出版公司出版
（北京市西城区德外大街83号楼9层 100088）
北京新华先锋出版科技有限公司发行
大厂回族自治县德诚印务有限公司印刷　新华书店经销
字数158千字　620毫米×889毫米　1/16　15印张
2012年8月第1版　2023年3月第2次印刷
ISBN　978-7-5502-0695-3
定价：59.00元

幽默其表，冷硬如昔

　　大约是二十年前，好莱坞曾流行过一波灾难片，那场面比泰坦尼克号或火山爆发要猛烈多了。那波灾难，大如巨型邮轮倾覆、摩天大楼倒塌，小如波音 747 坠毁甚至只坐了三四十人的快乐大巴士都会出事。一时之间该撞冰山的一定撞冰山，该失火的一定失火，该爆炸的也必然准时轰隆一声爆炸，好莱坞灾难片中的生命充满着意外和脆弱，人人自危却又无能为力。然而，这类影片中通常有个永恒不变的伟大主题，那就是：人在被推到生死边缘时，会被迫重新思考生命的无常和种种执念的无谓，在生死面前没有什么是丢不开的。通过大难临头时的勇于牺牲自我、相互扶持和谅解，人的情感也得到新生。灾难过后，原本彼此不对眼的父母儿女冰释了，热情早已冷却的夫妻眼中重新有了对方，而一直就如胶似漆的俊男美女情侣（男、女主角）经此洗礼，更是谱写出了永生不离的世纪爱情。伴随着片尾甜美且带着哲学意味的主题曲，新的一天安然到来，人们开始重新瞻望生命的地平线——

We may never love like this again.

我们此生此世再不可能如这一刻这么相爱了。

如此甜蜜，也如此夸张。

我不敢想象如果让达许·汉密特这样对人性充满着残酷看法的人写一部类似的灾难小说或电影剧本将会是什么样。

◆追入上流社会

《颠覆》这部小说是汉密特一生五大长篇的最后一部，时为一九三四年，此时，他已算功成名就，居住于纽约，还雇用了两名经纪人———一位专门负责电影方面的事务，另一位则料理书的出版。很显然，这位从下层社会中走出来的冷硬派始祖已昂首进入了繁华的上流社会。

这时，他身旁的女性也换人了，原来那个在贫穷岁月和他相守、不甚聪明也始终进不了他写作世界的小护士约瑟芬·朵兰，早在一九二九年他还不算发达时就和他分手了（显然窘困日子的相互扶持并没让他们最终走向幸福快乐的生活），他生命中新的女人是莉莉安·赫尔曼，和朵兰不同，莉莉安是个有大学学位、离过婚的成熟聪慧女性，能分享他的所思所想，参与他的写作，汉密特死后才结集成册的短篇小说集——《螺丝起子》（The Big Knockover）便由她编辑而成。

这是《颠覆》一书的写作背景，我们有必要了解这位主张写小说便是"把生活切割出来，直接移到白纸之上"的坚定写实主义者在现实生活中经历了什么事情。

汉密特现实生活的大转变——由最初的为了生活苦苦挣扎到如今灯红酒绿笙歌不绝。这种转变直接被汉密特切割下来搬到了白纸上，使得《颠覆》一书成为最不像"汉密特小说"的小说，那些迷恋汉密特冷硬写作风格的评论家和读者更是感慨万千，他怎么会在晚年（其实此时他才四十一岁）创作出这么柔和浪漫的作品来？

◆ 不想妥协的冷硬之人

读者常在阅读想象中把自己投射于小说中某个自己喜爱的角色之上，有关这点，之前汉密特的小说一直有个共同的特质：他书中的任何角色，不管是男是女、是正是邪，没有一个是读者乐于扮演的。然而，《颠覆》中优雅幽默的侦探尼克·查尔斯和他那位有钱、善良、热情洋溢且喜欢在言辞中修理丈夫的老婆诺拉，皆是容易被认同的角色；而两夫妻没完没了的轻松拌嘴更是讲惯生冷血腥笑话的汉密特从未有过的。

然而，如果我们将小说读仔细一些，不被这种上流社会的优雅糖衣所蒙蔽，一定不难发现，汉密特仍是那个昔日冷硬派的写实主义者，小说表现形式的变动反倒更忠实地反映出他坚定的写实主张。小说中，汉密特化身的尼克·查尔斯（同样四十一岁）是一名娶到有钱老婆后就无心重操贱业的退休侦探，他从被扯入这宗罪案到最终破案，从头到尾一丝热情和侠义之心都没有（换成是钱德勒的马罗就绝对不会如此）。尽管先是失踪，后被视为谋杀他女秘书兼情妇的嫌犯是尼克的昔日老友"瘦子"维南特，尽管老友的年轻女儿桃乐希百般央求而且对他充满倾慕之情，尽管老友的离婚改嫁老婆咪咪想尽办法诱他就范，但从亲情、友情、爱情到欲望，他都几近是绝缘体。

现实世界在尼克·查尔斯（或说汉密特）眼中，绝不会因为自己境况的好转而改变本质，变得较有秩序、较合逻辑。小说中，尼克在回答老婆诺拉的质疑时说，"可能吧。"而且声称这个词正是他在查案过程之中最常用到的。世界充斥着不确定和不完美，正如李维史陀说的，"无序，统治着整个世界"。

而我个人觉得最有趣的是整部小说的最后结语，这是尼克、诺拉这对宝贝夫妻的对话：

"……你想×× 、×××还有×××现在怎么样了？"

"老样子，继续当××、×××和×××，就像我们两个也继续当自己，××××还是××××。谋杀不能改变任何人的生活，除非是被害人，或是凶手。"

"可能是吧，"诺拉说，"可是一切实在太不圆满了。"

你看，汉密特仍一丝妥协的意思也没有。

◆存留记忆，好好活着

附带说明一下，我们把上述对话中的人名隐去，为的是避免造成破案的暗示，请千万别自找麻烦从人名的字数去聪明地推断。不听劝阻者，请自行负责所有丧失阅读乐趣的不可挽回的后果。

一宗罪案，三具尸体，对一个家庭及其亲友、雇员而言，灾难不可言不大，但汉密特仍若无其事地告诉我们，什么都不会改变，每个人仍是老样子。

是的，付出了这么大的代价，人们却什么也学不到，我们很能体会诺拉的感慨——人，真是太不圆满了，这个世界也真太不圆满了。

类似的话，我们也曾在美国小说名家寇特·冯内果的书中读过，他曾引述他的一名汉密特型友人的话，"你曾看到谁真的改变过吗?"这种和好莱坞灾难片伟大主题完全背离的阴暗结论，也一直是冯内果小说的最重要命题：人几乎是不会改变的，历史的教训几乎是没意义的；所有的愚行和灾难，虽然有着新的工具、新的外貌、新的强度和广度，但究其本质一点都不新鲜，它只是"又来了"!

毒品、麻醉剂和酒精，长期以来一直被民智稍开的人类视为罪恶的大敌，但从某种程度来看，人类这种伟大的生物不必寻求这类有极强烈副作用的安慰，人类本身就能一直生产：在时间的流逝中，人们无师自通地生产出一种名为"遗忘"的药剂，它有效地保证着我们不被巨大的创伤所击倒，也有效地保证我们安然地准备再犯下一次同样的错误，就像有人开玩笑星期天到教堂必须忏悔认罪一样，为的是洗清过去一周的罪孽，然后开开心心再犯接下来六天的错。

这样的指责，对古往今来所有活着的人而言，可能不尽公平，但不容否认它却是有效的。

这里，不服气的人可能会指出，既然人性虚无阴暗到如此地步，汉密特（或冯内果）为什么还要一而再再而三地写小说传递同样的信息呢？我想，除了写书养家糊口这个更虚无的理由外，也微弱地包含着一点期盼和信息：也许，我们可以不那么健忘！

我曾在帮某位朋友写序时，用到"存留记忆，并好好活着"这个题目。我当然知道，在记忆和遗忘这同具张力的两者之中，上述的两种期盼简直就是鱼和熊掌，但正因为它们如此不易得到，我们才更要去挑战！

Chapter 1

　　五十二街一家地下酒吧里，我靠在吧台上，正等着诺拉圣诞节采购后过来会合。这时一名女郎从桌边站起来，撇下同桌的三个男子走向我。她是个娇小的金发女郎，不管是那张脸蛋或是穿着粉蓝色运动衫的身材都无懈可击。"你是尼克·查尔斯吗？"她问。（译注：本书完成于一九三三年，而一九二〇年至一九三三年为美国禁酒令时代，故喝酒或经营酒馆卖酒其实都是非法的。）

　　我说："是的。"

　　她伸出一只手说："我是桃乐希·维南特。你不记得我，不过你应该记得我父亲克莱德·维南特。你……"

　　"当然，"我说，"我现在想起来了，不过那时候你才十一二岁，对吧？"

　　"对，那是八年前了。噢，还记得你告诉过我的那些故事吧？都是真的吗？"

　　"可能不是。你父亲还好吗？"

　　她笑了："我正想问你。妈妈和他离婚了，你知道，后来我们再也没有他的消息——除非偶尔有他的新闻上报，提到一些近况。你没再看过他吗？"

我的杯子空了。我问她想喝什么，她说苏格兰威士忌加苏打水。我点了两杯，然后说："对，我一直住在旧金山。"

她缓缓地说："我想见他。妈妈要是发现了一定会气死，可是我想见他。"

"哦？"

"他没在以前我们住的河滨道家里，市内电话簿他也没登记。"

"去找他的律师试试看。"我建议。

她的脸色一亮："谁？"

"那个家伙叫做麦什么来着，麦考利，没错，贺柏·麦考利。他以前住在歌手大厦。"

"借我五分钱，"她说，然后去打电话。回来时面带微笑，"我找到他了，就在第五十街的转角。"

"你父亲？"

"那个律师。他说我父亲出城了，我要去见他。"她举杯对着我，"一家团圆。噢，你不妨……"

艾丝塔跳过来，前爪搭上我的肚子。狗链的另一端握在诺拉手上，她说："它这一下午可风光了——在罗德·泰勒百货公司弄翻了一架玩具，又在赛克斯第五大道百货公司舔了一个胖女人的腿，把人家给吓着了，还有三个警察摸过它。"

我替她们介绍："这是我太太，这是桃乐希·维南特。她父亲以前是我的客户，那时她才这么高而已。她父亲人很好，可是有点古怪。"

"我以前好迷他,"桃乐希说,指的是我,"一个活生生的侦探。以前我老缠着他,要他告诉我他的经历。他撒了一堆谎,可是那时候我全都信了。"

我说:"你看起来好累,诺拉。"

"是很累。大家坐吧。"

桃乐希·维南特说,她得回她那桌去了。她跟诺拉握了手,叫我们有空一定要去她家喝杯鸡尾酒,他们住在寇特兰大厦,现在她母亲姓乔格森。我们说乐意之至,邀她一定要来看我们,我们现在住诺曼第旅馆,还会在纽约待一两个星期。桃乐希摸摸狗的头,离开我们。

我们移到一张桌子边坐下。诺拉说:"她好漂亮。"

"那是你觉得。"

她朝我笑了起来:"你欣赏哪一型?"

"只欣赏你这型,亲爱的——瘦瘦高高、肤色偏黑,还有个突出的下巴。"

"那昨天晚上在昆恩家里。把你迷得神鬼颠倒的那个红发女郎呢?"

"别傻了,"我说,"她只是想让我看几幅法国蚀刻版画罢了。"

Chapter 2

次日贺柏·麦考利打电话给我："你好，我听桃乐希说起，才知道你回来了。一起吃中饭怎么样？"

"现在几点了？"

"十一点半。我吵醒你了吗？"

"对，"我说，"不过没关系。你可以过来吃午餐，我有点宿醉，不想跑太远……好，就一点钟。"我跟出门洗头回来的诺拉喝了一杯，冲过澡又喝了一杯，电话再度响起时，我觉得好受多了。一个女性的声音问："麦考利先生在这里吗？"

"还没到。"

"很抱歉打扰你。他到的时候，麻烦你请他立刻打电话回办公室好吗？有重要的事。"我答应照办。

大约十分钟后，麦考利来了。他是个大块头、卷发、双颊粉红，是我这个年纪——四十一岁——的帅家伙，不过看起来比我年轻。他应该是个相当不错的律师，我以前住纽约时替他办过几个案子，一直合作愉快。我们握了手又彼此拍拍后背，他问我这些年过得怎么样，我说："很好。"也反问他，他说："很好。"然后我请他打电话回办公室。

他打完电话后皱着眉回来。"维南特回来了，"他说，"要我去见他。"

我倒好饮料端过来说："那，午餐可以……"

"让他等吧。"他说，从我手里拿走一个玻璃杯。

"他还是跟以前一样怪？"

"这可不是开玩笑，"麦考利严肃地说，"你听说过一九二九年，他在疗养院住过将近一年吗？"

"没听说。"

他点点头坐下，把杯子放在椅旁的茶几上，朝我靠近一点说："查尔斯，咪咪想干什么？"

"咪咪？喔，他太太……应该说前妻。我不晓得，她应该想干什么吗？"

"一向是，"他淡淡地说。然后又慢吞吞地开口："而且我想你知道。"

原来这么回事。我说："麦考利，我已经六年没当侦探了，从一九二七年开始就不做了。"他瞪着我。"那时候，"我跟他保证，"结婚后一年，我岳父过世，留给我太太一个木材厂、一条窄轨铁路，还有些杂七杂八的，我就辞掉侦探的差事去照顾。反正我不会替咪咪·维南特或乔格森或随便她姓什么的那个女人工作——她一点也不喜欢我，而我也从没喜欢过她。"

"喔，我并不是认为你……"麦考利停下来，含混地比了个手势，拿起他的酒啜了一口，说："我正想不透呢。咪咪三天前……星期二……打电话给我，想找维南特。接着昨天桃乐希也打来，说是你叫她打的，然后跑来找我，我以为你还在当侦探，所以想不透这是怎么回事。"

"她们没告诉你吗？"

"当然说了——念在旧日情分上想见他，说见个面对她们意义重大。"

"你们律师就是爱瞎疑心，"我说，"说不定她们真想念他，也想念他的银子。可是你有什么好烦的。维南特躲起来不见人吗？"

麦考利耸耸肩说："我也没比你更清楚。十月之后我就没见过他了。"他又喝了口酒说，"你会在城里待多久？"

"待到新年过后。"我告诉他，然后去打电话叫客房服务的食物。

Chapter 3

当天晚上，诺拉和我去"小戏院"看《蜜月》一剧的首演，然后参加了一个叫费里蒙或费耳丁的家伙所举办的宴会。次日诺拉叫醒我的时候，我累极了，她给我一份报纸和一杯咖啡说："你看。"

我耐心地看了一两段，然后放下报纸啜了口咖啡。"有趣是有趣，"我说，"可是现在我愿意拿民选市长欧布莱恩所有刊登过的访问，还有所有的印第安照片，来跟你换一场好觉……"

"笨瓜，不是那个，"她指着报纸说，"是这个。"

发明家的秘书于公寓遇害
朱丽亚·沃夫的尸体上有数个弹痕
警方正寻找她的雇主克莱德·维南特

著名发明家克莱德·维南特的机要秘书朱丽亚·沃夫被枪杀的尸体，昨天晚上在死者位于东五十四街的公寓，被发明家已离婚的前妻乔格森太太发现。乔格森太太去那里是想打听发明家现在的住处。

乔格森太太旅居欧洲六年后，于星期一返国。她告诉警方，她按电铃时，听到微弱的呻吟，于是通知电梯服务员马文·贺利，贺利又打电话给公寓管理员华特·明尼。他们进入时，沃夫小姐躺在卧室的地板上，不省人事，胸部有四个点三二口径的弹孔，警方和急救人员到达前便已断气。

维南特的律师贺柏·麦考利告诉警方，十月之后他就再没见过维南特。他表示，维南特昨天曾打电话给他相约碰面，但结果并未出现，他也不愿对他当事人的行踪作任何说明。麦考利表示，沃夫小姐过去八年替发明家工作。这位律师说，他对死者的家庭和私生活一无所知，对她的死也无法提供任何情报。

死者身上的弹孔不可能是自杀，根据……

其他的都是典型的警方新闻通稿。

"你想会是他杀的吗？"我再度放下报纸后，诺拉问我。

"维南特？我不会意外。他精神很不正常。"

"你认识她吗？"

"认识。给我来一杯润润喉怎么样？"

"她是个什么样的人？"

"不坏，"我说，"长得不丑。脑袋很灵光，又很勇敢——两者皆备才能跟维南特住在一起。"

"她跟他住在一起？"

"对。我想喝一杯，求求你。没错，我认识他们的时候，他们俩是住在一起的。"

"你要不要先吃点早餐？她爱上他了，还是纯粹公事往来？"

"我不知道。现在吃早餐太早了。"

诺拉打开门出去时，狗乘机跑进来，前爪搭上了床，脸凑到我脸上。我摸摸它的头，试着回忆维南特有一回曾跟我说过的话，关于女人和狗的。不是什么女人、小狗和胡桃树的景象，我想不起来，可是其中好像有什么挥之不去。诺拉带着两杯酒进来，又问："他是个什么样的人？"

"很高，超过六尺（译注：约一百八十三厘米），而且是我见过最瘦的几个人之一。现在他应该是五十岁左右，可是我认识他的时候，他的头发就已经全白了。他长期一副应该去理个发的样子，花白的小胡子乱糟糟的，有咬指甲的习惯。"我把狗推开，伸手拿酒。

"听起来很可爱。你怎么会认识他的？"

"有个曾替他工作的人，叫罗斯华特，控告维南特剽窃他的发明。他为了吓唬维南特，威胁说如果维南特不给钱的话，就要射杀他、炸掉他的房子、绑架他的小孩、割他老婆的喉咙，我不记得还有什么了。我们始终没抓到那个人，大概把他吓跑了。总之，他没再威胁，而且也没发生什么事情。"

诺拉喝了口酒，问道："维南特真的偷了他的点子吗？"

"去去去，"我说，"今晚是圣诞夜，试着多想想你同类的优点吧！"

Chapter 4

那天下午我带艾丝塔去散步，途中跟两个人解释它是刚毛狗而非苏格兰狗和爱尔兰狗的混种，又在吉姆店里停下来喝了两杯，后来碰到赖瑞·克罗利，就找他一起回诺曼第旅馆。诺拉正在替大家调酒，在场的有昆恩夫妇、玛歌·伊内斯、一个我没听清名字的男人，还有桃乐希·维南特。桃乐希说她想跟我谈谈，于是我们就端着鸡尾酒走进卧室。

她马上切入正题：“你想是我父亲杀了她吗，尼克？”

“不，”我说，“我为什么要这么想？”

“噢，警方已经……我问你，她是他的情妇，对不对？”

我点点头：“我认识他们的时候是。”

她盯着手上的杯子说：“他是我父亲。我从没喜欢过他，也从没喜欢过妈妈。”她抬起眼睛看着我，“我也不喜欢吉柏特。”

“别让这种事情困扰你。不喜欢自己亲戚的人多的是。”

“你喜欢他们吗？”

“我的亲戚？”

“我的。”她不高兴地瞪了我一眼说，“还有，讲话别再当我是十二岁似的。"

"不是那样。"我解释，"是我快醉了。"

"是吗？"

我摇摇头："你还好，只是个被宠坏的孩子而已。其他人我就处不来了。"

"我们到底有什么毛病？"她问，没有辩驳的意思，而是似乎真的想知道。

"每个人情况不同。你的……"

哈里森·昆恩开了门说："出来打乒乓球，尼克。"

"等一下。"

"顺便把美女带出来。"他瞟了桃乐希一眼，然后走出去。

她说："我想你大概不认识乔格森。"

"我认识一位奈尔斯·乔格森。"

"有些人就是一辈子走运。这位名叫克里斯。是个可人儿。这就是我妈……跟一个精神病人离婚，然后嫁给小白脸。"她的眼睛湿了，哽咽着吸了口气又问："我该怎么办，尼克？"听起来像个害怕的孩子。

我手臂环住她，试图放柔声调安慰她。她趴在我领口哭了起来。床边电话响起，隔壁房间的收音机传来《灿烂升起》的音乐。我的酒杯空了，便说："出去看看他们吧！"

她又再度啜泣起来："你不能丢下我不管。"

"我不太懂你在说什么。"

"请不要取笑我。"她低声下气的说。

诺拉进来接电话，不解地看着我。我隔着桃乐希的头跟她扮了个鬼脸。诺拉对着话筒说"喂"的时候，桃乐希迅速往后抽离我的怀抱，红着脸说："对……对不起，"她结结巴巴地说，"我不是……"

诺拉给了她一个体谅的笑。我说："别这么傻气。"桃乐希找出手帕来按按眼睛。

诺拉对着电话说："好，我去看他在不在。请问您是哪里？"她捂住话筒问我："是一位姓诺曼的，你要跟他谈吗？"

我说我不认识，接过话筒："喂。"

一个沙哑的声音说："查尔斯先生吗？……查尔斯先生，我知道你以前曾替全美侦探社工作过。"

"请问大名？"我问。

"我名叫亚伯特·诺曼。查尔斯先生，这个名字可能对你没有意义，但我想给你一个任务，我相信你会……"

"什么样的任务？"

"在电话上没法讨论，查尔斯先生，但如果你愿意给我半个小时，我保证……"

"抱歉，"我说，"我很忙，而且……"

"可是查尔斯先生，这是……"然后忽然一声巨响。可能是枪声或什么东西掉下来之类的。我喂了几声都没回应，便挂了电话。

诺拉带着桃乐希在镜子前面扑粉涂口红，让她平静下来。我说："一个拉保险的家伙。"然后提议一起去客厅喝一杯。更多人进来了，我跟那些人说着话。原先和玛歌·伊内斯坐在沙发上的哈里森·昆恩站起来说："现在去打乒乓球。"艾丝塔跳起来用前脚扑我的肚子。我关掉收音机，给自己倒了杯鸡尾酒。那个我没听清名字的男子说："革命开始后，第一件事就是，我们会背靠墙站成一排……"他好像觉得这个想法很不错。

昆恩走过来加满杯子。他看着卧室的房门。"你哪儿找来这个金发小姐的？"

"从我膝盖里蹦出来的。"

"哪只膝盖？"他问，"我能摸摸看吗？"

诺拉和桃乐希走出卧室，我看到收音机上头的晚报，便拿起来。标题是：

朱丽亚·沃夫曾被勒索

亚瑟·努汉已认尸

维南特依旧行踪不明

诺拉靠在我手肘边，低声说："我邀她跟我们一起吃晚餐，对这孩子好一点。"——诺拉，二十六岁——"她心情坏透了。"

"悉听遵便。"我转身说。房间另一角的桃乐希正被昆恩的谈话逗笑，"可是如果你卷进别人的麻烦里，到时候受到伤害，可别指望我会吻你。"

"我才不会，亲爱的老傻瓜。现在别在这里看了。"她拿开报纸，塞到收音机背后看不到的地方。

Chapter 5

那天晚上诺拉睡不着。她读着萧亚平的回忆录，[译注：萧亚平（Feodor Ivanovich Chaliapin, 1873—1938），俄裔法国人，著名歌剧男低音]我正迷迷糊糊快睡着时，她问："你睡着了吗？"又把我吵醒了。我说原本睡着了。她点了根烟给我，又点一根给自己。"你从没想过纯粹为了乐趣，偶尔玩票回去查个案子吗？有时候会碰到一些特殊状况，就像林白案……"

"亲爱的，"我说，"我猜维南特杀了她，不必我帮忙警方也会逮到他。总之，这对我来说根本不重要。"

"我的意思不光是要你逮人而已，而是……"

"只不过我没那个时间：我忙着保住你的嫁妆。"我吻了她，"你不认为喝杯酒可以帮助入睡吗？"

"不，谢了。"

"或许我喝一杯可以睡着。"我带着苏格兰威士忌加苏打水回到床边时，她正凝神皱着眉头。我说："她很可爱，可是她疯了。如果不疯就不是他的女儿了。你搞不清她讲的话有多少是出自真心，也搞不清她心里想的事情有多少会发生。

我喜欢她，可是我不认为要听她……"

"我不确定自己喜欢她。"诺拉沉吟道，"或许她是个小混蛋，可是如果她说的话有几分真实，那她现在就的确处境艰难了。"

"我也没法帮她什么。"

"她以为你有办法。"

"你也以为，这证明了无论你怎么想，总得想办法找个人听你的。"

诺拉叹了口气。"我希望你别喝那么多酒，清醒点跟我讨论。"她靠过来喝了一口我的酒，"如果你现在把我的圣诞礼物交出来的话，我就把你的圣诞礼物给你。"

我摇摇头："早餐再给。"

"可是现在是圣诞节了。"

"早餐再说。"

"不管你送我什么，"她说，"希望我都不会喜欢。"

"反正你都得收下，因为水族馆老板说货物出门概不退换。他说尾巴已经被咬掉了……"

"想办法帮帮她又伤不了你什么，不是吗？她这么相信你，尼克。"

"大家都信赖希腊人。"

"求求你嘛！"

"你只是好奇多管闲事……"

"我认真地问你：他太太知道沃夫小姐是他的情妇吗？"

"我不晓得。她不喜欢他。"

"他太太是什么样的人？"

"不知道……女人吧。"

"长得好看吗？"

"以前很漂亮。"

"老了吗？"

"四十，四十二岁吧。别谈这些了，诺拉。你不会想招惹这些事情的。让我们姓查尔斯的烦我们自己的事情，姓维南特的烦他们自家的事。"

她嘴巴翘得老高："喝杯酒也许会有帮助。"

我下床替她调了杯酒。带着酒杯回卧室时，电话响了起来，我看看桌上的表，快五点了。

诺拉对着话筒说："喂……是的，我就是。"她斜过眼来看看我，我摇头表示不行。"是的……为什么，那当然……是的，没问题。"她挂回电话朝我露出笑容。

"你真不是盖的，"我说，"怎么回事？"

"桃乐希要过来。我想她醉了。"

"好极了。"我拿起浴袍，"恐怕我得睡觉了。"

她弯腰找她的拖鞋。"不要这么混账。你白天有的是时间睡觉。"她找到拖鞋，穿好站了起来说："她真的像自己所说的那么怕她母亲吗？"

"要是她有点神经的话就会。咪咪是毒药。"

诺拉看着我，暗色的眼睛眯了起来，慢吞吞地问道："你瞒着我什么？"

"噢，亲爱的，"我说，"真希望不必告诉你。桃乐希其实是我女儿，当时我不知道自己在做什么。那是威尼斯的春天，我太年轻了，何况月色又那么美……"

"继续耍宝吧。想吃点东西吗？"

"你吃我就吃。你想吃什么？"

"腌牛肉片三明治加洋葱，还有咖啡。"

桃乐希到的时候，我正在打电话给夜间熟食店。我走到客厅，她面色惶然地站在那里说："真是太抱歉了，尼克，一直这样麻烦你和诺拉，可是今天晚上我没法回家，就是没办法。我好怕。我不知会碰上什么，也不知道该怎么办。求求你别逼我回家。"她醉得厉害，艾丝塔嗅着她的脚踝。

我说："嘘……到这里就没事了，坐下来。等一下会有咖啡，你去哪儿了，怎么喝成这副德行？"

她坐下来，傻傻地摇摇头："不知道。我离开你们这里之后到处乱跑，哪里都去了，就是没回家，因为我不能这样回家。"她又停下来，从外套口袋掏出一把很旧的自动手枪说："你看。"她把手枪对着我晃了晃，艾丝塔猛摇尾巴，兴奋地朝那把枪跳着。

诺拉深吸了口气。我的颈背都凉了。我推开狗，把桃乐希手上那把枪拿过来说："你在搞什么玩意？坐下。"我把枪放进浴袍口袋，推着桃乐希坐回椅子上。

"不要生我的气，尼克。"她哭哭啼啼地说，"你可以把枪留下，我不想惹人厌。"

"你哪儿弄来这个的？"我问。

"第十大道的一家地下酒吧。我用手镯跟一个男的换来的，就是上头有绿宝石和钻石的那个手镯。"

"然后又赌赢了，把手镯赢了回来，"我说，"手镯还戴在你手上。"

她看了看手镯，说："我还以为输掉了。"

我看着诺拉摇摇头。诺拉说："噢，别欺负她了。尼克，她已经……"

"他没欺负我，诺拉，他真的没有，"桃乐希急忙说，"他……他是这世上我唯一能依靠的人。"

我想到诺拉还没喝她那杯苏格兰威士忌加苏打水，于是进卧室把酒喝掉。出来后，诺拉正坐在桃乐希那张椅子的扶手上，手臂环着她。桃乐希不停地吸鼻子，诺拉说："尼克没生气，亲爱的，他很喜欢你。"她抬头看着我，说："你没有生气，对不对，尼克？"

"嗯，我只是有点伤心。"我坐在沙发上，"桃乐希，那把枪是哪里弄来的？"

"一个男的给我的，已经告诉过你了。"

"一个男的？"

"我说过了，地下酒吧里一个男的。"

"你用手镯换来的？"

"我以为我把手镯给了他，可是，你看，手镯还戴在我手上。"

"是啊，我注意到了。"

诺拉拍拍她的肩膀："手镯当然还在你手上。"

我说："等会儿见送咖啡和食物的小弟来，我要买通他留下。我不想单独跟两个……"

诺拉狠狠瞪了我一眼，跟桃乐希说："别理他。他整晚都是这个死样子。"

桃乐希说："他认为我是个喝醉酒的小笨蛋。"诺拉又拍拍她的肩膀。

我问："可是你要枪做什么？"

桃乐希坐直身子，睁大醉眼直视着我。"他啊，"她激动地低语，"以防他来烦我啊。我害怕是因为我喝醉了。就这么回事。后来我又怕是那么回事，所以就跑来这里。"

"你是说你父亲？"诺拉问，努力压抑声音中的激动。

桃乐希摇摇头。"我父亲是克莱德·维南特。我刚刚是指我的继父。"她靠在诺拉的胸口说。

诺拉说："喔，"一副完全了解的语气，"可怜的孩子！"然后暗示地看着我。

我说："大家都来喝一杯吧。"

"我不喝。"诺拉又狠狠瞪着我说，"我猜桃乐希也不会想喝。"

"会，她想喝的，可以帮助她入睡。"我倒给她一大杯苏格兰威士忌，看着她喝下去。这招完全奏效：我们的咖啡和三明治送来时，她已经睡着了。

诺拉说："现在你满意了。"

"现在我满意了。我们吃饭前可以把她抬进去吗？"

我把她抱进卧房，帮着诺拉替她更衣。她的身躯娇小美丽。我们出来吃东西，我把枪从口袋里掏出来审视。这把枪很旧了，里头还有两发子弹，一发上了膛，另一发在弹匣里。

"这把枪你打算怎么处理？"诺拉问。

"不处理，除非我发现这是杀死朱丽亚·沃夫的那把点三二口径的凶枪。"

"可是她刚刚说……"

"她在地下酒吧弄来这把枪——从一个男的手里用手镯换来的。我刚刚听到了。"

诺拉手里拿着三明治凑过来，眼睛很亮，几乎全黑，问道："你想这会是从她继父手上拿来的吗？"

"对。"我说，可是说得太认真了。

诺拉说："你是个希腊痞子。不过或许她的确是从她继父手上拿来的。谁晓得。你不相信她的说词？"

"亲爱的，明天我会替你买一堆侦探小说，可是今夜不要用你那颗漂亮的小脑袋去费心编推理故事了。她只不过是想告诉你，她怕回家时被乔格森逮到，而且她怕自己醉了会屈服。"

"可是她母亲居然不管！"

"人家毕竟是一家人，你大可以……"

桃乐希·维南特穿着对她来说太长的睡衣，摇摇晃晃地站在房门口，怕光地眨着眼说："求求你们，我可不可以进来跟你们在一起？我怕一个人待在里面。"

"当然没问题。"她走过来，蜷缩在我身边，诺拉赶忙拿东西替她盖上。

Chapter 6

那天下午乔格森夫妇来的时候，我们三个人正开始吃迟来的早餐。诺拉接了电话后掩住喜意。"是你母亲，"她告诉桃乐希，"她在楼下，我请她上来。"

桃乐希说："该死。真后悔打电话给她。"

我说："我们干脆住楼下大厅算了。"

诺拉说："他不是那个意思。"然后拍拍桃乐希的肩膀。

门铃响起，我去应门。八年的岁月无损咪咪的容貌。她成熟了些、华贵了些，但也仅止于此。她的个子比女儿高，金发更亮。她露出微笑向我伸出手，问候道："圣诞快乐。多年不见，能重逢真是太好了。这是我先生，克里斯，这是查尔斯先生。"

我说，"很高兴见到你，咪咪。"然后跟乔格森握手。他大概比他太太年轻五岁，高瘦挺拔，皮肤黝黑，穿着很整齐讲究，一头服顺的头发，小胡子上了蜡。

他鞠了个躬，说："你好吗，查尔斯先生？"德国口音很重，手瘦而壮。我们一起进了客厅。

介绍过后，咪咪为突然来访问诺拉致歉："可是我实在很想再跟你先生见面，而且我知道逮住我们家小鬼的唯一方式，就是亲自来找她。"她微笑着转向桃乐希说："蜜糖，你最好去把衣服穿好。"

她的蜜糖塞了一嘴的烤面包，咕哝着说虽然今天是圣诞节，但她不懂为什么又要浪费一个下午在爱丽思姑妈家。桃乐希说："我敢说吉柏特就不去。"

咪咪说艾丝塔真是只可爱的狗，然后问我知不知道她的前夫可能会在哪里。

"不知道。"我说。她继续逗着狗玩，说："他疯了，完全疯了，这种时候居然就这样消失掉了。难怪警方一开始以为他有嫌疑。"

"那现在呢？"

她抬眼看看我，说："你没看报纸吗？"

"没有。"

"有个叫莫若力的家伙杀了她——是个流氓，曾是她的情人。"

"警方逮到他了？"

"没有，不过是他干的。真希望能找到克莱德。麦考利一点也帮不上忙，他说不知道克莱德去了哪里，太可笑了。他是克莱德授权的律师，我很清楚他一定有跟克莱德保持联络。你觉得麦考利的话能相信吗？"

"他是维南特的律师，"我说，"你当然没理由相信他。"

"我也是这么想。"她坐在沙发上，朝我这边靠了一点儿，"坐下，我有一堆话要问你。"

"先来一杯怎么样？"

"什么酒都可以，就是不要蛋酒。"她说，"蛋酒让我反胃。"

我去餐具室时，诺拉正在跟乔格森练习讲法语，桃乐希还在假装吃东西，咪咪则继续逗狗玩。我端了饮料过来，坐在咪咪旁边。她说："你太太真讨人喜欢。"

"我很喜欢她。"

"尼克，告诉我实话，你认为克莱德真的疯了吗？我的意思是，疯到该去接受些治疗。"

"我怎么会晓得？"

"我很担心小孩，"她说，"我再也不怨他了，当初我们离婚时他所做的那一切，现在我都不在乎了，但是他得顾到小孩啊。如果他疯了，他可能丢掉一切，半毛钱都不留给小孩。你看我该怎么办？"

"把他送进疯人院？"

"不……"她慢吞吞地说，"可是我想跟他谈谈。"她的手搭上我的手臂，说："你可以找到他。"

我摇摇头。

"你不帮我吗，尼克？我们曾经是朋友。"她的蓝色大眼珠温柔而充满哀求。桌边的桃乐希疑心地看着我们。

"看在老天的份上，咪咪，"我说，"纽约有几千个侦探。你去雇一个就是了。我已经不干这一行了。"

"我知道，可是……桃乐希昨天晚上醉得很厉害吗？"

"也许我才醉得厉害，她应该还好。"

"你不觉得她是个漂亮的小姑娘吗？"

"我以前就一直觉得她很漂亮。"

她思索了一下，然后说："她只是个孩子，尼克。"

"那又怎样？"我问。

她笑了："桃乐希，去换件衣服吧？"

桃乐希嘴巴含着东西再度重复说，她不懂为什么要浪费一个下午去爱丽思姑妈家里。

乔格森转过身告诉他太太："查尔斯太太很好心地建议我们不必……"

"是啊，"诺拉说，"你们不妨多待一会儿，有一些朋友会过来，没什么特别刺激的，但是……"她微微摇了一下杯子结束了这个句子。

"我很乐意，"咪咪慢吞吞地回答，"但是我担心爱丽思……"

"打电话向她致上我们的歉意。"乔格森建议道。

"我去打。"桃乐希说。

咪咪点了头："跟她多讲点好话。"桃乐希进了卧室。每个人好像都振奋了些。诺拉捉住我的目光，高兴地跟我眨了眨眼，我只好也装得很高兴，因为咪咪正在看我。咪咪问我："你其实不希望我们留下，对不对？"

"我当然希望你们留下。"

"你八成是在撒谎。难道你不喜欢可怜的朱丽亚吗？"

"'可怜的朱丽亚'从你嘴巴里讲出来可真不寻常。我还算喜欢她。"

咪咪再度把手搭在我臂膀上说："她破坏了我和克莱德的生活。我当然恨她……那是以前……但事情已经过去很久了。我星期五跑去找她没有敌意。还有，尼克，我亲眼看到她死掉，她不该死的。太可怕了。不论我以前怎么想，现在我说'可怜的朱丽亚'，对她只有怜悯。"

"我不知道你有什么想法，"我说，"我不知道你们任何人的想法。"

"我们任何人，"她重复，"桃乐希可曾……"

桃乐希走出卧室，说："解决了。"她亲吻了母亲的嘴，然后坐在她旁边。

咪咪一边看着小镜子以确定唇膏没糊掉，一边说："她没抱怨吗？"

"没有，我解决了。我想喝酒，该怎么弄？"

我说："你只要走到那张摆着冰和酒瓶的桌子旁倒一杯就成了。"

咪咪说："你喝太多了。"

"不会比尼克多。"她说着走向调酒桌。

咪咪摇头："这些小孩！我刚刚说，你很喜欢朱丽亚·沃夫，对不对？"

桃乐希喊道："尼克，你要一杯吗？"

"谢了，"我说，然后转向咪咪，"我还算挺喜欢她。"

"你这家伙真是会逃避话题，"她抱怨，"比方说，你以前对她会像对我那么喜欢吗？"

"你指的是我们一起消磨的那几个午后吗？"

　　她的笑很真诚："这当然也算是一个答案。"她转向端着杯子走过来的桃乐希说："亲爱的，你该去买件那种蓝色的袍子，很适合你的。"我从桃乐希手里接过一杯酒，说我得去换衣服了。

Chapter 7

我走出浴室时，诺拉和桃乐希都在卧室里，诺拉在梳头，桃乐希则在吊袜带。诺拉从梳妆台的镜子里抛给我一记飞吻，看起来很快乐。

"你很喜欢尼克，对不对，诺拉？"桃乐希问。

"他是个老希腊笨瓜，可是我习惯他了。"

"查尔斯不是希腊姓。"

"原本是查拉蓝比得斯，"我解释，"我老爹来美国的时候，移民局的官员说查拉蓝比得斯太长了，写起来太麻烦，就缩减为查尔斯。我老爹无所谓，只要让他来美国，让他姓 X 都没关系。"

桃乐希瞪着我："我永远搞不懂你讲的话是不是在撒谎。"她开始去穿袜子，又停下来说："妈妈想叫你做什么？"

"没什么。盘问我而已。她想知道你昨天晚上说了些什么、做了些什么。"

"我也是这么想。你怎么跟她说？"

"能有什么好说的？你什么也没做、什么也没说。"

她前额一皱，可是开口讲的内容却与表情不相干："我从来不知道你跟妈妈之间有什么交情。当然那时候我只是个小孩，就算注意到什么也不会懂，可是我没想到你们彼此熟到直呼其名。"

诺拉笑着从镜前转过来。"这个新闻很有意思。"她朝着桃乐希把梳子晃了晃说："亲爱的，继续。"

桃乐希真诚地说："噢，我以前都不知道。"

我把干净新衬衫上的洗衣签条拆下来。"你现在又知道些什么？"我问。

"没什么，"她慢吞吞地说，脸色开始转红，"不过我可以猜。"她弯腰弄袜子。

"你可以猜，而且已经在猜了。"我吼着，"你很笨，可是不必装得那么无辜，心肠恶毒的话，再装也没用。"

她抬起头来微笑，可是当她问"你觉得我很像妈妈？"时态度却很严肃。

"那也不稀奇。"

"可是你觉得呢？"

"你希望我说不像。好，不像。"

"这就是跟我共同生活的人，"诺拉愉快地说，"你拿他一点办法都没有。"

我穿好衣服，走出客厅。咪咪正坐在乔格森的膝上。她站起来问："你收到什么圣诞礼物了吗？"

"诺拉给了我一只手表。"我让她看。

她说："很好看，的确是，那你给她什么？"

"项链。"

　　乔格森说："失陪一下。"然后起身去调酒。

　　门铃响了。我迎进昆恩夫妇和玛歌·伊内斯，把他们介绍给乔格森夫妇。没多久诺拉、桃乐希梳妆完毕走出卧室，昆恩立刻黏着桃乐希不放。接着赖瑞·克罗利带了一个叫德妮丝的女郎来了，隔几分钟艾吉夫妇也抵达了。我玩双陆棋从玛歌那儿赢了三十二元，她先欠着。德妮丝曾跑进卧室躺了一会儿。六点刚过，艾莉丝·昆恩在玛歌的协助下，把她丈夫从桃乐希身边拖开，去赴另一个约，然后艾吉夫妇也离开了。咪咪穿上外套，催着她先生和女儿也各自穿上他们的外套。

　　"时间过得真快，"她说，"你明天可以来我家吃晚饭吗？"

　　诺拉说："没问题。"我们握了手，讲了些客气话，然后他们走了。诺拉在他们身后关上门，背靠着门。"耶稣，他长得可真帅。"她说。

Chapter 8

到目前为止,我已经明白自己在沃夫、维南特、乔格森这种麻烦里扮演什么角色、又做了些什么,那就是什么都不是、什么也没做。但当我们次日清晨四点回家途中在罗本餐厅里喝咖啡时,诺拉打开报纸,发现花絮栏里的一行报道:"前全美侦探社王牌侦探尼克·查尔斯从加州抵达本市,侦查朱丽亚·沃夫谋杀案疑点。"然后大约六点多,诺拉摇醒我,我睁开眼从床上坐起,卧室门口站着一个持枪男子。

他是个又胖又黑的年轻人,中等身材,一脸横肉从下巴堆到两眼之间。头上戴着黑色的圆顶窄边礼帽,黑色的大衣非常合身,黑色西装,黑色鞋子,全身行头看起来好像是刚在十五分钟内买来似的。那把笨重的黑枪是点三八口径自动式,安然地握在他手上,没指着谁。诺拉说:"他骗我让他进来,尼克。他说他得⋯⋯"

"我得跟你谈谈,"那个持枪男子说,"如此而已。不过非谈不可。"他的声音低沉沙哑。此时我才眨眨眼强打精神,看向诺拉。她很激动,但并不害怕,表情就像看着她押注的赛马,以一鼻之差冲向终点。

我说:"好,谈吧,可是能不能把枪拿开?我太太无所谓,可是我怀孕了,我不希望以后小孩生出来……"

他咧开下唇一笑:"你不必费神地向我证明你很悍,我听说过你。"他把枪放进大衣口袋,接着说:"我是薛普·莫若力。"

"我没听说过你。"我说。

他朝房里跨了一步,开始夸张地摇着头:"我没干掉朱丽亚。"

"也许吧,不过你找错地方讲了。这不关我的事。"

"我已经三个月没见过她,"他说。"我们一刀两断了。"

"去跟警方说啊!"

"我没有任何理由伤害她……我跟她向来直来直往、光明正大。"

"好极了,"我说,"只不过你找错市场卖鱼了。"

"听着,"他又往床这儿跨了一步,"史杜西·勃克说你以前还不错,所以我才来的。你……"

"史杜西还好吧?"我问,"打他一九二三还是二四年去坐牢之后,我就没再见过他。"

"他还好,想跟你碰个面。他现在在西四十九街开了家酒吧,叫匹吉龙俱乐部。不过先谈正事,警方会对我怎么样?他们真的认为是我干的?还是只不过想把罪名扣在我身上?"

我摇摇头:"知道的话我会告诉你。别让报纸给骗了……这事我没插手。去问警方吧。"

"那就太聪明了。"他再度咧开下唇而笑,"那会儿是我毕生做过最聪明的事情。我曾跟一个警察队长吵架，让他住进医院三个星期。警方的人要我去，好问我一些问题，他们正拿着铁杖等着修理我呢。"他一只手打开，掌心向上，"我坦白地来找你说话。史杜西说你很坦白，所以你就坦白一点吧。"

"我是很坦白，"我向他保证，"如果我知道什么事，我会……"

有人敲外头的门，敲了三下，声音尖锐。还没敲完，莫若力已经把枪拿在手上了。他的眼光似乎一瞬间扫遍所有方向，然后仿佛是从胸膛里深深地冒出一个冷酷的咆哮："怎么回事？"

"我不知道。"我在床上坐高一点，朝他手上的枪点点头，"是那家伙惹来的。"枪准准地指着我的胸膛。我感觉到自己耳际血液窜流、嘴唇肿胀。我说："这里没有火灾逃生口。"把左手伸向诺拉，她就远远地坐在床边。

敲门声再度响起，一个低沉的声音喊道："开门，警察。"

莫若力的下唇蠕动碰着上唇，眼白的部分开始转暗。"你这狗娘养的，"他缓缓地说，几乎像是对我表示抱歉。他微微移动双脚，轻触着地板。

一把钥匙试着外头的门锁，我左手击向诺拉，把她扫到房间的另一头。右手抛向莫若力那把枪的枕头似乎毫无重量；枕头轻轻飘起，像一张面纸。那一刹那，仿佛全世界再没有比莫若力的枪开火更大声的事情了。我抓到他一只脚踝，滚过去压住他。他用枪敲我的后背，直到我空出一只手来尽力痛揍他的身体。

一群人涌进来，把我们拉开。我们又花了五分钟才让诺拉回过神来，她一手捂着脸颊坐起身来，环视整个房间，目光停留在莫若力身上，莫若力两只手腕被铐住，两边各站着一名警官。莫若力的脸惨不忍睹：警察已经任意痛扁了他一顿。诺拉瞪着我。"你这个大笨蛋，"她说，"你不必把我打昏过去。我知道你能制住他，可是我想亲眼看到。"

一个警察笑起来。"耶稣啊，"他赞赏地说，"好一位女中豪杰。"

诺拉对他笑了笑，站起来。然后目光转向我，笑容消失了，说："尼克，你真是……"我说我没想太多，同时伸开左手让她看看我睡衣上的残留物。莫若力的子弹打出一条伤痕，在我左乳下方有个大约四寸长的伤口。大量的血不断涌出，还好伤口不深。

莫若力说："你真走运。差个一两寸就大不相同了。"很欣赏诺拉的那个警察……是个浅褐色的大块头，大概四十八或五十岁，穿着一套不怎么合身的灰西装……往莫若力嘴上赏了一巴掌。

诺曼第旅馆的经理基瑟说他去找医生，然后走向电话。诺拉冲到浴室拿毛巾。我拿一条毛巾盖住伤口，躺在床上说："我没事。不要小题大作，等医生来就是了。你们这些人怎么会出现？"

赏了莫若力一巴掌的那个警察说："我们碰巧听说维南特一家还有他的律师以及各路人马常在这里碰面，就觉得最好留神盯着这儿，以防万一维南特会在这里出现。今天早上负责盯梢的梅克在这里，看到这鸟厮鬼鬼祟祟地跑进来，打电话给我们，我们就找了基瑟先生上来，你可真走运。"

"是啊，我可真走运，也说不定我就不必挨枪子儿了。"

他怀疑地打量我，惨灰的眼睛湿湿的："这鸟厮是你的朋友？"

"我从没见过他。"

"他来找你干吗？"

"想告诉我他没有杀沃夫小姐。"

"这跟你有什么关系？"

"一点关系也没有。"

"他以为跟你有什么关系？"

"去问他。我不知道。"

"我在问你话。"

"继续问吧。"

"我再问另外一个问题：你愿意作证控告他对你开枪吗？"

"又是一个我现在没法回答的问题。那搞不好是意外。"

"好吧，我们有的是时间。看来我们要问你的问题比原来料想的要多。"他转向另外一个同伴：总共来了四个警察。"好好搜一下。"

"有搜索票才行。"我告诉他。

"那是你说的。动手吧，安迪。"他们开始动手搜查。

医生走进来，他个子很小，一身雪白，不断吸鼻子。他朝着我身上边咳嗽边吸鼻子，同时替我止住了血，扎上绷带，还告诉我只要静躺两天就没有大碍了。没有人跟医生说话。

警察也不让他碰莫若力。他离开的时候，整个人看起来更白、更模糊。那个浅褐色的大块头从客厅回来，一手放在后面。他等到医生走了之后才问："你有持枪执照吗？"

"没有。"

"那这是干吗的？"他从身后拿出那把我从桃乐希那儿取来的手枪。我无言以对。

"你听说过《苏里凡法》吗？"他问。[译注：《苏里凡法》为纽约州第一部枪械管制条例，由政治家沙立文（Timothy Sulliva，1863—1913）所推动。]

"听过。"

"那你就知道自己的处境了。这是你的枪？"

"不是。"

"那是谁的？"

"我得努力想一想。"

他把枪放进口袋，坐在床边一把椅子上。"听好，查尔斯先生，"他说，"看来我们两个都用错方法了。我不想为难你，相信你也不愿意为难我。你身上的那个洞不会让你太好受，所以我不打算再多打扰你，先让你休息一下。等你休息够了，或许我们能合作一下，做点该做的事情。"

"谢了，"我诚心诚意地说。"我们请大家喝杯酒吧。"

诺拉说："没问题。"然后从床边站起来。

那个浅褐色的大块头看着她走出房间，郑重地摇摇头，语气也很郑重："老天在上，先生，你真幸运。"他突然伸出手："敝姓纪尔德，约翰·纪尔德。"

"我的名字你已经知道了。"我们握了手。

诺拉端着一个托盘进来，上头有一个曲管瓶、一瓶苏格兰威士忌和几个杯子。她想给莫若力一杯酒，但纪尔德阻止了她。"查尔斯太太，你真是太好心了，可是除非有医生处方，否则给犯人酒或食物都是违法的。"他看着我，"是这样没错吧？"我说没错。其他人都喝了。

不久纪尔德放下空杯子站起来。"我得带走这把枪，不过你别担心，等你好一点儿，我们有的是时间好好谈。"他握着诺拉的手，夸张地弯腰一鞠躬，"希望你别介意我稍早之前所说的话，那是因为……"

只要愿意，诺拉可以笑得很甜，此时她露出一个最甜美的笑容："介意？我喜欢这个说法。"她送走警察和莫若力。基瑟之前几分钟就已经走了。

"他人真好，"她从门边回来时说，"很痛吗？"

"不会。"

"都是我的错，对不对？"

"胡说。再给我一杯如何？"

她替我倒了一杯，"我今天不会让你喝太多。"

"我不会喝太多的，"我向她保证，"我可以吃一点熏鲑鱼当早餐。现在我们的麻烦好像暂时结束，你可以叫旅馆加强一下警卫。然后叫接线生不要把电话接进来，说不定会是记者打来的。"

"你打算怎么跟警方解释那把桃乐希的手枪？总得说点什么，不是吗？"

"我还不知道该说什么。"

"老实告诉我，尼克，有时候我是不是太傻了？"

我摇摇头："傻得刚刚好。"

她笑了，说："你这个希腊混蛋。"然后去打电话。

Chapter 9

诺拉说："你只是逞能，完全是逞能。你想证明什么？我知道子弹打不倒你，你大可不必向我证明这一点。"

"起床又不会怎么样。"

"躺在床上至少一天也不会怎么样。医生说……"

"如果他医术真那么高明，就该先治好自己的鼻塞。"我坐起身，脚放到地板上。艾丝塔过来舔我的脚。

诺拉拿拖鞋和睡袍给我，说："好吧，男子汉，起床让血流到地毯上吧。"我小心翼翼的站起来，只要左臂不使力，而且躲开艾丝塔的前爪，一切似乎还好。

"你就通融一下嘛。"我说。我原先就不想跟那些人扯上关系，现在还是不想，可是……大串麻烦自己找上门来。我不能就这样置身事外，我得去看看。

"我们离开吧，"她建议，"我们去百慕达或哈瓦那一两个星期，不然就回西岸。"

"我还得跟警方交代那把枪的事情。万一那就是杀死朱丽亚的凶枪呢？就算他们现在不晓得，早晚也会查出来。"

"你觉得真是那把枪？"

"只是猜测。我们晚上去咪咪家吃晚饭，然后……"

"去了也不会有什么收获。你是彻底疯掉了吗？如果你想见谁，叫他们来就是了。"

"不一样的，"我的手臂揽住她说，"别再担心这个小伤了，我没事的。"

"你是在逞能，"她说，"你想让大家看看，你是子弹打不倒的英雄。"

"别这么恶毒。"

"我就恶毒给你看。我才让你……"

我一只手掩住她的嘴说："我想看乔格森一家人在家的样子，我想见麦考利，另外还想去看看史杜西·勃克。我被耍得太惨了，得去了解一下状况。"

"你真是够顽固了，"她抱怨，"好吧，现在才五点，躺下来等晚一点再起来换衣服。"

我舒服地躺在客厅的沙发上，晚报已经送来了。上头讲的大致是说，我因为追查朱丽亚·沃夫谋杀案，要逮捕莫若力时，被他射中了。一份晚报说我被射中两枪，另外一份说是三枪，而且说我快死了，无法见客也无法送到医院去。报上有莫若力的照片，还有我一张十三年前的照片，戴着一顶很可笑的帽子，我记得那张照片是在办华尔街爆炸案的时候拍的。其他关于朱丽亚·沃夫谋杀案的消息都含糊其词。我们的小常客桃乐希·维南特来访时，我们还正在看报纸。

诺拉开门时，我听到桃乐希的声音："柜台不肯替我转话，所以我就溜上来了。求求你不要赶我走，我可以帮你照顾尼克。叫我做什么都可以。求求你，诺拉。"

诺拉犹豫了一下，然后说："进来吧。"

桃乐希进来，睁大眼睛瞪着我："可……可是报上说你……"

"我看起来像是快死了吗？你怎么了？"她的下唇肿了起来，靠近嘴角有一道割伤，一边脸颊有块淤青，另一边脸颊有两道指甲的抓痕，而且双眼红肿。

"妈妈打我，"她说，"你看。"她让大衣落在地板上，解开洋装的一颗纽扣，把一只臂膀从袖子里露出来，然后又把洋装往下褪一些，让我们看她的背。她的手臂上有许多黑色的淤血，背上交错着红色的长鞭痕。她哭了起来："看到没？"

诺拉一只手揽住她说："可怜的孩子。"

"她为什么打你？"我问。

她从诺拉怀抱中抽身，跪在我沙发旁边的地板上。艾丝塔凑过来蹭着她。"她以为我之前是来……是来问你关于父亲和朱丽亚的事情。"她哭得断断续续讲不成句子，"所以她昨天才会跑来……来查清楚……然后你说服她我没有。你……你让她以为你不关心这个案子……我也这样相信……所以她本来都没事，一直到下午看了报纸。然后她晓得……她晓得你之前说没管这件事情是撒谎。她打我是想逼我说出我告诉了你什么。"

"你怎么跟她说？"

"我什么都不能说。我不能告诉她克里斯的事情。我什么都不能说。"

"克里斯也在场？"

"对。"

"他还让她把你打成这样？"

"可是他……他也没阻止。"

我跟诺拉说："看在老天的份上，我们来喝一杯吧。"

诺拉说："没问题。"她拾起桃乐希的大衣，搭在一张椅背上，然后走进餐具室。

桃乐希说："求求你让我待在这里，尼克。我不会惹麻烦，真的，你曾要我离开他们。你知道你说过，可是我没别的地方去，求求你。"

"别急，这事还要再商量一下。我跟你一样怕咪咪，你知道的。她以为你告诉我什么？"

"她一定知道一些事情……关于谋杀的事情，她以为我也晓得……可是我不知道，尼克。我跟上帝发誓，我真的不知道。"

"你可真是帮了大忙，"我抱怨道，"不过听好，小妹妹，你知道一些事情，我们就从这里开始。你要从头坦白说，否则我们就别玩了。"

她做了个动作，看起来是在胸前画十字。"我发誓我会坦白。"她说。

"好极了。现在先喝酒吧。"我们各从诺拉手上接过一杯酒，"你告诉咪咪说，你离开他们比较好？"

"不，我什么也没说。说不定她还不晓得我已经不在房里了。"

"这下可好了。"

"你不会送我回去吧？"她喊着。

诺拉拿着酒杯说："不能让小孩回去让他们这样打，尼克。"

我说："嘘……我不知道，我只是在想，如果我们打算过去吃晚饭的话，最好不要告诉咪咪……"

桃乐希惊骇地瞪着我，诺拉说："休想叫我跟你一起去。"

然后桃乐希急忙说道："可是妈妈没在等你。我甚至不确定她会不会在家。报上说你快死了，她不会料到你会去。"

"那就更好了，"我说，"我们来给她一个惊喜。"

她惨白的脸凑近我，激动得酒都洒在她袖子上了。"别去，你现在不能去。听我的话，听诺拉的话。你不能去。"她惨白的脸转过去看着诺拉，"对不对？告诉他不可以去。"

诺拉的暗色眼珠定定地看着我的脸，说："等等，桃乐希。他应该知道怎么做最好。你说呢，尼克？"

我朝她扮了个鬼脸："我根本搞不清状况。你说要桃乐希留下，那她就留下。我想她可以跟艾丝塔一起睡。可是其他的你就别管我了。我还不知道接下来要做什么，因为我不知道会碰到什么。我得出去查才行。用我自己的方式去查。"

"我们不会妨碍你的，"桃乐希说，"对不对，诺拉？"

诺拉仍旧看着我，一语不发。

我问桃乐希："你那把枪是从哪儿弄来的？这回别再编故事了。"她舔舔下唇，脸微微红了起来，然后清清喉咙。"小心，"我说，"如果你编另一个故事，我就打电话给咪咪，叫她来接你回去。"

"给她个机会嘛！"诺拉说。

桃乐希再度清清喉咙。"我……我能不能告诉你小时候发生的一些事情？"

"跟那把枪有关吗？"

"不完全有关，不过有助于你们了解我为什么……"

"不要现在讲。下回有空再说。你从哪儿弄来那把枪的？"

"希望你让我讲。"

"你从哪儿弄来那把枪的？"

她的声音小得几乎听不见："地下酒吧有个人给我的。"

我说："我就知道我们终于得到真相了。"诺拉对着我皱眉摇摇头。"好吧，就算是好了。哪家酒吧？"

桃乐希抬起头，说："我不知道。我想是在第十大道上。你们的朋友昆恩先生晓得，是他带我去那儿的。"

"那天晚上你离开这里之后碰到他的？"

"对。"

"我想是凑巧碰到的吧？"

她责备地看着我，说："我正试着要告诉你实话，尼克。我原先答应要跟他在帕玛俱乐部碰面，他写了地址给我。所以我跟你和诺拉告别后，就去那儿跟他碰面，我们去了很多地方，最后我在这家酒吧拿到了那把枪。那是个很可怕的地方，你可以去问他，看我说的是不是实话。"

"昆恩替你弄来了那把枪？"

"没有，当时他醉倒了，头趴在桌上睡觉。我把他留在那儿，酒吧的人说会送他回家，没问题的。"

"那枪呢？"

"我正要讲。"她开始脸红，"他告诉我，那个酒吧常有枪手去。所以我就提议去看看。他睡了之后，我就跟那儿的一个人聊天，那人看起来很凶恶，我被迷住了。而且我一直不想回家，我想回这儿，可是不晓得你们愿不愿意让我来。"这时她的脸通红，窘得话都说不清，"所以我想，如果我……如果让你们以为我住在可怕的困境中……而且这个方法让我觉得比较不那么蠢。总之，我就问这个长相很凶恶的混混，或随便他是什么，问他能不能卖我一把枪，或告诉我能去哪儿买。一开始他一笑置之，以为我在开玩笑，可是我告诉他我是认真的，他就只是笑，说他去看看，回来之后他就说没问题，他可以替我弄到枪，问我愿意付多少钱。我的钱不多，可是我愿意把手链给他。只是我猜他觉得手链不值钱，因为他不肯要，说他只收现金，所以最后我就给了他十三元……身上只留两元搭计程车……跟他换那把枪，然后来这儿，骗你们说是因为克里斯而害怕回家。"她讲得很急，毫不停顿地说了一大串，然后换了一口气，似乎很高兴讲完了。

"所以克里斯根本没骚扰过你？"

她咬住嘴唇说"不，他骚扰过，但是没……没那么严重。"她两手抓住我的臂膀，脸几乎凑到我脸上说："你一定要相信我。昨天我不能完全照实说，我不能让自己看起来像个愚蠢的小撒谎精，我不希望自己是那个样子。"

"不相信你会比较合理一点。"我说，"十三元买不到一把枪的，不过这点以后再说。你之前知道咪咪那天下午要去找朱丽亚·沃夫吗？"

"不知道。当时我根本不知道她想跟我父亲联络。那天下午他们出门前，没有说要去哪儿。"

"他们？"

"对，克里斯和她一起出门的。"

"他们几点出门？"

她前额皱了起来说。一定是快三点的时候……总之已经过了两点半……因为我记得那天我跟艾西·汉弥顿约好要去逛街，当时已经迟到了，正匆匆忙忙地在换衣服。"

"他们后来有一起回家吗？"

"我不知道。我回家时，他们两个都在。"

"那是几点的事情？"

"八点多。尼克，你不会以为他们……噢，我还记得她换衣服说了些话。不知道克里斯说了什么，反正她说：'等我问她，她就会告诉我了。'是那种她谈话时偶尔会出现的法国皇后的口吻。你知道的。其他的我就没听到了。这有什么意义吗？"

"你回家后，她讲了什么关于谋杀案的事情？"

"噢，只说她怎么发现尸体，还有她有多么难过，还有警方办案之类的。"

"她看起来很震惊吗？"

桃乐希摇摇头："不会，但是很兴奋。你晓得妈妈那个人。"她凝视我片刻，慢吞吞地问："你不觉得这表示她有做过些什么吗？"

"你怎么想呢？"

"我没想过。我只想到我父亲。"过了一会儿她郑重地说："如果他杀了人，那是因为他疯了。可是换了她，她会因为想杀人而杀人。"

"不见得一定是他们两个其中之一，"我提醒她，"警方似乎挑中了莫若力。她找你父亲是为了什么？"

"为钱。我们破产了……都被克里斯花光了。"她嘴角下垂，"我想我们每个人都有点责任，可是大部分是他花掉的。妈妈害怕她要是一毛钱都没有，克里斯就会离开她。"

"你怎么知道？"

"我听他们谈过。"

"你想他真会离开她吗？"

她肯定地点点头："除非她有钱。"

我看看手表说："其他的得等我们回来再谈。总而言之，你晚上可以留在这儿。不要拘束，叫餐厅送晚饭上来给你。你不要出去可能会比较好。"她可怜兮兮地凝望着我，一语不发。

诺拉拍拍她的肩膀："我不知道他要干什么，桃乐希，不过如果他说我们应该过去吃晚饭，那么或许他有他的打算。他不会……"

桃乐希笑了笑，从地板上跳起来："我相信，我再不会那么傻气了。"

我打电话给柜台，要他们把信送上来。其中有两封是给

诺拉的,一封是给我的,还有一些迟来的圣诞卡(包括一封
赖瑞·克罗利寄来的,附了一本蓝色小书,上头写着"圣诞
快乐",底下是个圣环圈着赖瑞的名字,全都用红色印在《如
何在家里自己验尿》的书名下方),以及一大堆电话留言条,
外加一封费城发来的电报:

尼克·查尔斯

纽约诺曼第旅馆

请与贺柏·麦考利联络商谈侦查沃夫谋杀案并请通知他

最深的祝福克莱德·维南特

我把电报装入信封,附上短笺说明是刚收到的,然后找
信差送到警察局刑事组。

Chapter 10

在计程车里，诺拉问："你确定你没问题？"

"确定。"

"跑这一趟不会让你太累吗？"

"我没事。你觉得小姑娘的说法如何？"

她犹豫着问："你不相信她，对不对？"

"上帝禁止我相信……至少得等到我证实才行。"

"你对这类事情比我在行，"她说，"但我觉得，至少她有试着说实话。"

"很多试着说实话的人编出更新奇的故事。一旦习惯编故事，要说实话就难了。"

她说："我相信你很了解人性，查尔斯先生。现在就说来给我听听，偶尔你也得告诉一些侦探的经验吧？"

我说："去地下酒吧用十三块钱买一把枪。这个嘛，或许吧，但是……"

我们沉默地驶过两个街区。然后诺拉问："她到底是怎么回事？"

"她老头疯了……所以她以为自己也疯了。"

"你怎么知道?"

"你问我的啊。我是回答你的。"

"所以你只是猜的?"

"我是说,这就是她的问题。我不知道维南特是不是真的疯了,也不知道她是不是遗传了任何基因,但她认为上述两个问题的答案都是肯定的,因此她就到处去发疯。"

我们来到寇特兰大厦门前时,她说:"真可怕,尼克。应该有人⋯⋯"

我说我不知道,或许桃乐希没说错,"她现在应该没在替艾丝塔做娃娃衣服。"

我们跟门房报上名字。让他联络乔格森夫妇,稍等一会儿,门房让我们上楼。踏出电梯时,咪咪在门廊迎接我们。"那些烂报纸,害我被他们的鬼扯搞得紧张兮兮的,以为你躺在家里快死了。我打了两次电话,可是他们都不肯帮我接,也不肯告诉我你的情况。"她握住我的双手说,"我太高兴了,尼克,还好报纸上写的都是假的,就算你是走运才能来和我们相聚,我还是很高兴。当然我没想到你会来⋯⋯可是你脸色好差。你一定伤得很重。"

"没那么重,"我说,"一颗子弹擦过我身侧,不过没什么大不了。"

"而且你不顾伤势起来吃晚饭!真是太荣幸了,只不过恐怕也太傻气了。"她转向诺拉问:"你确定让他跑来是明智之举吗?"

"我不确定,"诺拉说,"可是他想来。"

"男人就是这么傻，"咪咪一只手臂环住我说，"他们可能不为什么或只为了完全不相干的事情就攀越万山——不过进来吧。来，让我帮你。"

"我没那么糟。"我向她保证，但她坚持让我坐在一张椅子上，还给我一大堆垫子。

乔格森进来，跟我握了手，说他很高兴我比报纸上说的情况要好。接着握着诺拉的手鞠躬："请容我告退几分钟去调酒。"然后又出去了。

咪咪说："不知道桃乐希去了哪里。我猜她生气跑掉了。你们没小孩吧？"

诺拉说："没有。"

"你们失去了很多乐趣，不过有时候抚养小孩也可能是很大的挑战。"咪咪笑了，"我大概不够称职。每次我骂桃乐希的时候，她似乎都觉得我完全是个恶魔。"她的脸亮了起来说："这是我的另一个小孩——吉柏特，你还记得查尔斯先生吧？这位是查尔斯太太。"吉柏特·维南特比他姐姐小两岁，年方十八，是个瘦伶伶的苍白的金发男孩，松松垮垮的嘴下面有个短下巴。那双奇大的蓝色清澄眼珠以及长长的眼睫毛，都让他看起来有几分娘娘腔。希望他不像小时候是个爱哭哭啼啼的小讨厌。

乔格森带着他调好的酒进来，咪咪坚持要我们谈枪击的经过。我说了，讲得平淡无奇。"可是他为什么去找你呢？"她问。

"天晓得，我想知道，警方也想知道。"

吉柏特说："我在哪儿读到过，习惯性的罪犯往往会因为他们没犯的罪行而被逮捕……甚至是小罪……他们比常人更容易被激怒。查尔斯先生，你想是这样吗？"

"可能吧。"

"除非，"吉柏特补充，"激怒他们的是大事，你知道，一些他们不希望发生的事情。"我再度说那是有可能的。

咪咪说："尼克，吉柏特一开始胡说八道，你就别跟他客气了。他的脑子被他看过的那些东西给搞糊涂了。再替我们调些饮料吧，亲爱的。"吉柏特去调酒，诺拉和乔格森则在角落翻唱片。

我说："我今天接到维南特的电报。"

咪咪机警地扫视房间一圈，然后凑过来，声音压得很低："他说了些什么？"

"他要我去查出是谁杀了她。电报是今天下午从费城发出的。"

她重重地吸了口气："你打算去查吗？"

我耸耸肩，说："我把电报交给警方了。"吉柏特带着饮料回来。乔格森和诺拉正在放巴哈的《小赋格唱片》。咪咪迅速喝光她的酒，又要吉柏特再替她倒一杯。

他坐下来说："我想问你，你能看一眼就晓得一个人是不是在嗑药吗？"他颤抖着。

"不太可能，怎么了？"

"我只是好奇，就算他们看起来确定是毒虫呢？"

"进一步观察通常就能确定，通常是去注意他们有什么不对劲，可是一般来说，很难确定是因为毒品的缘故。"

"另外一件事，"他说，"曾有统计说，如果你被刀子刺中，那一刹那你只会觉得有某股压力，过一会儿才会觉得痛。是不是这样？"

"是，如果你被一把锋利的刀子刺得相当深，那是这样没错。一颗子弹也会造成类似的效果：一开始你只感觉到一阵风……还有似乎感觉不到的小口径的上膛铅弹。其他的感觉要等到这阵风扫过去之后才会出现。"

咪咪喝完她的第三杯调酒后说："你们两个谈的事情都好可怕，尤其是尼克今天已经碰到过这样的事情。吉柏特，去找找桃乐希，你一定认得她的一些朋友，打电话过去问问。我想她现在一定孤零零的一个人，可是我担心她。"

"她去我那儿了。"我说。

"在你那儿？"她的惊讶应该不是装的。

"她今天下午过来，要求待在那边一阵子。"

她笑了，摇摇头说，"这些年轻人！"然后笑容消失，"一阵子？"我点点头。吉柏特显然等着继续发问，对我和他母亲的对话毫无兴趣。

咪咪又笑了，说："很抱歉让她打扰你和你太太，知道她在那儿而不是天晓得的什么鬼地方，可真让我松了一口气。等你们回去，她的气也该消了，你们会送她回来吧？"她又替我倒酒，接着说"你们对她实在太好了。"我什么都没说。

吉柏特开始说："查尔斯先生，罪犯……我是指职业罪犯……通常……"

"别插嘴，吉柏特，"咪咪说，"你会送她回家，对不对？"她表现得非常友善，但语气就像桃乐希所说的法国皇后。

"她想待多久就待多久。诺拉喜欢她。"

她竖起一根手指头摇了摇："但是我可不想让你们把她给惯坏了。想必她跑去跟你胡说八道了一些我的事情。"

"她没说你打她的事情。"

"那就是了。"咪咪得意地说，似乎证明了她的观点。我喝光酒。"你们得送她回家，尼克，怎么样？"她问。

"她爱待多久就待多久吧，咪咪。我们很乐意有她作伴。"

"太荒谬了。这儿是她的家。我要她回来。"她的声音有点尖锐，"她只是个孩子，你们不该鼓励她的傻念头。"

"我什么也不会做。要是她想留下，那就随她。"

咪咪的蓝色眼珠盛满怒火："她是我的小孩，而且年纪还小。你们对她很好，可是这对我或她都不好，我不会坐视不管。要是你们不送她回家，我就自己去带她。我不会允许这样的事情发生，但是……"她凑过来，慎重地说，"她会回家的。"

我说："不要为这个跟我吵，咪咪。"

她看着我，眼光好似要说"我爱你"，然后问："你是在威胁我吧？"

"好吧，"我说，"用绑架罪名逮捕我，用这个'莫须有'的小罪把我送去警察局吧。"

她突然用刺耳而愤怒的声音说："叫你太太别再抓着我丈夫。"诺拉一只手正搭在乔格森袖子上，两人正在找另一张唱片。他们吃惊地回过头来瞪着咪咪。

我说："诺拉，乔格森太太希望你的手别碰乔格森先生。"

"真是抱歉。"诺拉对着咪咪笑了笑，然后看看我，装出一脸关心的表情，又像学童朗诵似的捏出一种简直像是唱歌的声音说："哎呀，尼克，你脸色好白。看来你体力透支，伤口又要发作了。真抱歉，乔格森太太，我想我得立刻送他回家躺着休息。你会原谅我的，对不对？"咪咪说她会。每个人都殷勤有礼地客套一番。然后我们下楼，搭上计程车。

"好啦，"诺拉说，"你自己说要出来吃晚饭的，现在呢？回家跟桃乐希一起吃？"

我摇摇头："我想摆脱维南特这家人一会儿。去麦可斯的店吧，我想吃些点心。"

"好，你查到什么没有？"

"没有。"

她沉思地说："那个家伙长这么帅，真可惜。"

"他怎么样？"

"像个大娃娃，真可惜。"我们吃完饭回诺曼第旅馆。桃乐希不在，果然不出所料。诺拉找遍各个房间，打电话给柜台。没有我们的便条和口信。"怎么样？"她问。

快十点了，"说不定没事。"我说。

"说不定有什么事。我猜她会在清晨三点左右忽然出现，喝醉酒，带着她从玩具店买来的机关枪。"

诺拉说："管她去死。穿上睡衣躺下来吧！"

Chapter 11

次日中午诺拉叫醒我的时候，我已经觉得身上的枪伤好多了。"我那位好警察想见你，"她说，"你觉得怎么样？"

"很糟。我一定没喝酒就上床了。"我推开床边的艾丝塔起床。

我走进客厅时，纪尔德手上拿着一杯酒站起来，那张浅褐色的阔脸上满是笑容："不得了了，查尔斯先生，你今天早上看起来精神饱满。"我和他握手说没错我觉得好极了，然后两人坐下。他很和气地皱起眉来说："老话一句，你不该跟我耍诈的。"

"耍诈？"

"是啊，我为了给你休息的机会，昨天暂时没问你话，结果你倒跑出去见别人。我还以为你应该先让我来见你呢，你不觉得吗？"

"我没多想，"我说，"真抱歉，你看到维南特寄给我的那封电报了吗？"

"嗯，我们的人正在费城追查。"

"关于那把枪，"我开始说，"我……"

他阻止我："什么枪？那把根本已经不是枪了。准星已经断掉，内部也生锈卡住了。如果最近六个月有人开过那把枪……算他有本事……那我就是罗马教宗。别再浪费时间谈那块废铁了。"

我笑了："那就解释了很多事。枪是我从一个醉鬼那儿拿来的，他说他在一个地下酒吧用十三元买的。现在我相信他了。"

"有人连市政厅都能卖给他。我私下问你，查尔斯先生，你有没有在办沃夫这个案子？"

"你看过维南特寄来的电报了。"

"是看过。所以这表示你之前没在替他工作？这点我还是得问清楚。"

"我现在已经不是私家侦探，也不是任何形式的侦探了。"

"我知道，可是我还是要问个明白。"

"好吧，我没在办。"

他思索了一会儿，说："那我换个方式问好了，你有兴趣办这个案子吗？"

"我认识那些人，自然会有兴趣。"

"就这样？"

"对。"

"可是你并不想办？"

电话响了起来，诺拉过去接。

"老实告诉你，我不知道。如果大家一直逼我介入这件事，我不晓得自己还能撑多久。"

纪尔德的脑袋上下点着："我明白。我不介意告诉你，我希望你站出来办这个案子……站在对的这一边。"

"你的意思是不要站在维南特那一边。是他干的吗？"

"我不敢说，查尔斯先生，但也用不着我告诉你，他并没有帮一丁点儿忙让我们查出是谁干的。"

诺拉出现在房门口说："你的电话，尼克。"

贺柏·麦考利在线上说："你好，查尔斯。伤口怎么样了？"

"我还好，谢谢。"

"你有维南特的消息吗？"

"有。"

"我接到他一封信，说他寄了一封电报给你。你会不会伤得太重没法……"

"不，我已经下床活动了。如果你今天下午晚一点会在办公室，我就过去找你。"

"好极了，"他说，"我会在这里待到六点。"

我回到客厅。刚刚我们在吃早餐时，诺拉已经邀请纪尔德一起吃午餐。现在去点菜顺便倒酒。纪尔德摇头说："她真是个好女人，查尔斯先生。"我认真地点点头。

他说："假设如你所说，你会被迫参与这件事情，我当然是希望你跟我们合作，而不是跟我们作对。"

"我也是。"

"那就这么说定了。"他说，往椅子里靠了靠，"我猜你不记得我了，不过以前你在本市工作时，我是四十二街的巡逻警员。"

"当然，"我说，礼貌的撒谎，"我就觉得眼熟——只是你现在没穿制服，我就认不出来了。"

"应该是吧。我想我应该可以确定你没有隐瞒什么事情不让我们知道。"

"我不会故意隐瞒的，只不过我不晓得你们知道些什么。谋杀案发生后，我还没见过麦考利，我连报纸上登了些什么都不太清楚。"电话再度响起。诺拉把酒给了我们，然后去接电话。

"我们知道些什么不是秘密，"纪尔德说，"如果你愿意花时间听，我倒是不介意告诉你。"他尝了那杯酒，赞许地点点头："只不过我想先问一件事。你昨天晚上去乔格森家的时候，有没有把收到电报的事情告诉乔格森太太？"

"有，而且我告诉她，我把电报交给你了。"

"她说了些什么？"

"什么也没说。问了些问题罢了。她想找他。"

他头稍稍侧向一边，一双眼睛微眯起来说："你不认为他们有共谋的可能，对不对？"他举起一只手，"请你了解，我不知道他们为什么可能会共谋，或者如果他们共谋，又是怎么回事，只是问问罢了。"

"任何事都有可能，"我说，"但我认为，假设他们没有合作会比较安全。他们干吗合作呢？"

"我想你是对的。"然后他模糊地补充，"可是有几个疑点。"他换了口气："办案子都是这样。好吧，查尔斯先生，我们确定知道的就是这些了，如果往后你能随时提供我们任何进一步的情报，那就感激不尽了。"我说了些会尽力而为之类的话。

"言归正传。之前大概在十月三日，维南特告诉麦考利，他得出城一阵子。他没说要去哪儿或做什么，可是麦考利觉得他是要去做一些有关发明或是想保密的事情……后来他从朱丽亚·沃夫那儿得知自己没猜错……他还猜维南特是躲在艾德隆达克山的哪里，可是后来去问朱丽亚，她说她自己晓得的事情也不比麦考利多。"

"她知道那个发明是什么吗？"

纪尔德摇摇头："根据麦考利所说，她不知道，只晓得那可能是个需要空间以及机械设备花钱的发明，因为他是这么跟麦考利说的，好让麦考利替他把股票、债券和其他财产变为所需要的现金，同时维南特也要麦考利替他全权处理银行之类的事情。"

"授权给律师处理一切，嗯？"

"正是如此。而且注意，当时他要钱，是指现金。"

"他一向神里神经的。"我说。

"大家都这么说。看起来他似乎不希望任何人有机会借着支票追踪他，或者让那上头的任何人知道他是维南特。这就是为什么他不带着那位小姐——如果她没撒谎的话，维南特甚至不让她知道他在哪儿，而且蓄了络腮胡。"他的左手在脸上比画了一个胡子的形状。

"那上头，"我引用他的话，"所以他是在艾德隆达克山喽？"

纪尔德一边肩膀耸了耸，说："我刚刚这么说，是因为我们所能追查到的消息，就只有费城和这些了。我们正试着去查那个山区，可是不晓得他在不在那儿。说不定他在澳洲。"

"维南特需要多少现金？"

"我可以告诉你精确的数字。"他从口袋里掏出一叠脏兮兮折起的纸，边缘都卷了起来，从中挑出一枚色调比其他大部分纸还脏的信封，把其他纸塞回口袋，"他和麦考利谈话那天，从银行户头提了五千元现金。二十八日……你知道，是在十月……他要麦考利再拿五千元给他，然后十一月六日是两千五，十五日是一千，三十日是七千五，六日……那是十二日……是一千五，十八日是一千，二十二日是五千，以上的日期是在沃夫小姐遇害之前。"

"将近三万，"我说，"他银行里的钱还真多。"

"精确地说，是两万八千五百元。"纪尔德把信封塞回口袋，"可是你要了解，这不是全部。从他第一次打电话给麦考利开始，麦考利就得变卖一些东西去筹钱。"他又摸摸口袋。"如果你想看的话，我有一张他所卖掉东西的清单。"

我说我不想看。"他怎么把钱交给维南特？"

"维南特会写信告诉沃夫小姐他什么时候要钱，她就去麦考利那儿拿。维南特再跟她拿钱。"

"那她怎么交给维南特？"

纪尔德摇摇头："她告诉麦考利，他们是在他指定的地方碰面。但麦考利觉得她知道他的下落，不过她总说'不知道'。"

"那或许她遇害的时候，手上还有最后那笔五千元，是吧？"

"这可能就因此害她被抢，除非……"纪尔德的淡灰色眼珠眯得几乎闭上了……"他去拿钱的时候杀了她。"

"或除非，"我提议，"另有其人为了别的原因杀了她，然后发现了那笔钱，觉得最好把钱也拿走。"

"当然，"他同意，"这种事情有可能。甚至第一个发现死尸的人往往会在报警前偷一些小东西。"他举起一只大手。"当然，像乔格森太太那样的淑女，希望你不会觉得我……"

"此外，"我说，"她当时并不是独自在场，不是吗？"

"她落单一会儿。公寓里的电话被打烂了，所以电梯服务员载着公寓管理员去楼下办公室打电话。不过别误会我的意思，我不是指乔格森太太会做那种蠢事。像她那样的淑女不太可能……"

"那里的电话怎么了？"我问。

门铃响了。"这个嘛，"纪尔德说，"我也不清楚怎么会这样，那个电话……"一名侍者过来布置桌子，他停了下来，"我刚刚说过，我也不清楚怎么会这样。一枚子弹正好打穿了话筒。"

"是意外还是……"

"我也想问你。当然，击中电话的子弹跟她身上的那四颗是一样的，但是我不知道凶手是要射她没打中还是故意射穿电话。用这种方式把电话打烂好像未免太吵了。"

"这倒是提醒了我，"我说，"当时没有任何人听到枪声吗？点三二口径的手枪不像散弹枪那么大声，但总该有人听到。"

"是啊，"他厌恶地说，"那个地方现在很多人觉得他们有听到，但当时没有任何人采取行动，天晓得，他们对自己所听到的声音也有各式各样的说法。"

"一般都是这样的。"我同情地说。

"我可不知道。"他叉起一块食物送到嘴里接着说："我说到哪里了？喔，对，关于维南特。他离开时放弃了他的公寓，把他的东西都送去车库。我们清查过，可是还没发现任何能证明他去处或甚至能证明他在进行什么工作的东西。我们觉得要是知道他在做什么，或许会有帮助。他第五大道的店也查过了，运气并没有变好。他离开之后，没多久那家店也锁起来了，只有沃夫小姐每星期去个一两次，每次待一两个小时，处理他的信件和杂事。她遇害后，店里所收到的信也没有任何线索。我们在她的住处也没发现任何有帮助的东西。"他对着诺拉微笑。"这些东西你一定听得很无聊，查尔斯太太。"

"无聊？"她惊讶地说，"我正听得津津有味呢！"

"女士们通常喜欢比较花哨的，"他说，然后咳了两声，"比较迷人的东西。总之，我们找不到任何东西表示他在哪里，只有上星期五他打电话给麦考利，说两点要和他在广场食店的大路碰面，麦考利当时不在办公室，所以维南特只留了口信。"

"当时麦考利在，"我说，"来吃午餐。"

"他已经告诉我了。后来呢，麦考利快三点才到那里，没见到维南特，住宿登记也没他的名字。麦考利试着描述他长胡子和没长胡子的样子给食店的人听，但那儿的职员没人记得见过这么一个人。他打电话回办公室，但维南特没再打过去。接着他又打电话给朱丽亚·沃夫，她说她连维南特回到城里都不晓得，他觉得她在撒谎，因为他昨天才给她五千元要转交给维南特，而且猜到维南特回来就是要拿钱，但他说了个'好吧'就挂掉电话，继续去忙自己的事情。"

"自己的事情？比方什么？"我问。

纪尔德停止咀嚼他刚送到嘴里的菜，然后说："这一点，知道一下也没关系。我会去查清楚的，不过似乎没有任何事情证明他有嫌疑，所以我就没费神去查，但是查一查谁有不在场证明、谁又没有，也绝对不是坏事。"

我摇头否认他没问出口的问题："我没看到任何指向他的事情，只不过他是维南特的律师，或许隐瞒了些什么没告诉我们。"

"当然，我了解。我猜这就是为什么大家要雇律师。现在来谈谈那位小姐，或许朱丽亚·沃夫根本不是她的本名。我们还没能查出来，但已经发现她不是那种维南特可以放心让她经手现金的人……我是说，如果他够了解她的话。"

"她有前科吗？"

他夸张地点着头："真没想到。她去替维南特工作之前几年，曾经因为搞仙人跳，在西部坐了六个月的牢，在克利夫兰，当时她用的名字是萝达·史都华。"

"你想维南特知道这件事情吗？"

"我也在猜。看起来不像，他如果知道的话，应该不会把现金交给她经手，但是也很难讲。据说他对她挺痴迷的，你知道男人会做出什么事来。她可把这个薛普·莫若力还有一堆男人给耍得团团转呢。"

"你真有什么可以逮捕莫若力的把柄吗？"我问。

"没有这一桩的，"他惋惜地说，"可是我们还有其他两个案子要逮他。"他的两道浅褐色眉毛稍稍纠结起来。"但愿我知道他为什么来找你。当然这些毒虫什么事情都干得出来，但真希望我知道。"

"我知道的都已经说过了。"

"我不是疑心你，"他向我保证。转向诺拉说。"希望你不会觉得我们太为难他，但你明白，我们得……"诺拉微笑着说她完全谅解，又替他的杯子倒满咖啡。"谢谢，夫人。"

"什么是毒虫？"她问。

"就是吸毒的人。"

她看着我说："莫若力是……"

"去接电话吧！"我说。

"你怎么没告诉我？"她抱怨，"害我错过了一切。"她离开餐桌去接电话。

纪尔德问："你会控告他射伤你吗？"

"除非你要我这么做。"

他摇摇头："我想我们手中的东西够他一阵子了。"他的语气很轻松，但是双眼藏着好奇。

"刚刚你谈到那位小姐。"

"对,"他说,"我们发现她常常不在公寓过夜……有时候连续两三天。或许就是跑去见维南特。不知道。莫若力说已经三个月没见过她了,我们也找不出破绽。你的看法怎么样?"

"跟你一样,"我回答,"维南特离开至今刚好大约三个月,或许这代表了什么,也或许没意义。"诺拉过来,说哈里森·昆恩在电话上。他告诉我他替我卖掉一些亏本的债券,说还了债钱。"你有没有看到桃乐希·维南特?"我问。

"我离开你那里之后就没看到了,不过今天下午我跟她约好要在帕玛俱乐部碰面喝鸡尾酒。怪的是,她叫我别告诉你。黄金呢,尼克?只要国会开议,那些西部来的野人就会替我们制造通货膨胀,这是一定的。就算没有,大家也会预期这样。就像我上星期告诉你的,已经有人在谈一个石油矿脉……"

"好吧,"我说,"请你用十二块五替我买一些圆顶矿产的股票。"

然后他想起曾在报上看到我被枪击的消息。他印象很模糊,我跟他保证自己没事之后,他也就不怎么关心了。"我想这表示我们这几天没法打乒乓球了,"他讲话的语气似乎真的很遗憾。"对了,你有今天晚上开幕的票。如果你们不来,我可以……"

"我们会去的。还是谢谢你。"他笑着说"再见"。

我回到客厅时,一名侍者正在收桌子。纪尔德舒服地坐在沙发上,诺拉正在告诉他:"……每年都必须到外地过圣诞假期，因为我娘家的人碰到圣诞节就喜欢劳师动众，要是我们待在家里，他们就会来拜访我们，或者我们就必须去拜访他们，尼克不喜欢这套。"艾丝塔在角落舔着自己的爪子。

纪尔德看看表说："已经占用你们好长时间了。我不是故意唠叨……"

我坐下说："我们刚刚才谈到谋杀案，不是吗？"

"才刚谈到。"他再度舒服地靠在沙发上，"那是二十三日星期五，下午三点整到三点二十分之间，乔格森太太到了那儿发现尸体。很难说她被发现之前在那儿躺了多久才死。我们唯一知道的是，乔格森太太在大约两点半的时候打电话过去，还有三点左右麦考利打过去时，她都还好好的，而且接了电话……当时电话也好好的。"

"我不知道乔格森太太打过电话。"

"她的确有打。"纪尔德清了清喉咙，"你要了解，我们没有怀疑什么，不过我们照一般程序查过了，找到了一个在寇特丽大厦当接线生的女孩子，她曾在两点三十分替乔格森太太把那通电话接出去。"

"乔格森太太怎么说？"

"她说她打电话问该如何联络维南特，但朱丽亚·沃夫说她不知道，乔格森太太觉得她在撒谎，如果见个面或许可以让她说实话，就问她能不能过去拜访几分钟，她说没问题。"他盯着我的右膝盖，紧锁眉头。"结果她去了就发现尸体。那栋公寓大厦里没人记得曾看到任何人进出沃夫小姐的公寓，不过这个很简单，很多人都可以混过去不被看到。枪不在那儿，也没有破门而入的迹象，除了我告诉过你的，其他东西都放得好好的没被弄乱。我的意思是说，那地方看起来不像被搜过。她手上戴着钻戒，肯定值个几百元，皮包里还有三十美元。那儿的人认得维南特和莫若力……他们两个都常常进出……但是都说好一阵子没见过他们了。火灾逃生口的窗子是锁住的，逃生口看起来不像最近有人用过。"他把手伸过来，掌心向上，"我想就是这些了。"

"没有指纹吗？"

"有她的，还有一些清洁工的，跟我们猜的一样。其他没有我们用得上的。"

"没有她朋友的吗？"

"她好像没有任何朋友……没有亲近的。"

"那……他叫什么名字来着？　……指认她是莫若力朋友的那个叫努汉的呢？"

"他只见过她和莫若力走在一起，在报纸上看到消息后，通过照片指认她而已。"

"他是谁？"

"他没问题，我们查过他的底了。"

"在要求我不能隐瞒你什么之后，"我说，"你也不会隐瞒我什么，对吧？"

纪尔德说："呃，表面上看来，他偶尔会替那个公寓打些零工。"

"嗯。"

他站起身说："我真不愿意承认，不过我们只查出这些。

你有什么帮得上忙的情报吗？"

"没有。"

他看了我一会儿问："那你有什么想法呢？"

"那枚戒指，是订婚戒指吗？"

"她是戴在左手无名指上，"他停了一会儿问，"问这个做什么？"

"如果查出是谁买给她的，说不定有用。我下午会去见麦考利。如果有什么收获，我会告诉你。看起来凶手似乎是维南特没错，可是……"

他和蔼地咕嘀着："是啊，可是……"然后握了我和诺拉的手，感谢我们的威士忌、午餐和殷勤，还有我们的亲切，然后离开了。

我告诉诺拉："我不是说你的魅力无法让男人敞开心胸，但别以为这家伙不会骗我们。"

"原来这么回事，"她说，"你吃警察的醋。"

Chapter 12

麦考利所收到那封克莱德·维南特寄来的信很像一份文件。打在白纸上，字打得很糟，日期证明一九三二年十二月二十六日寄自宾州费城。上面写着：

亲爱的贺柏：

我已经发了电报给尼克·查尔斯，你应该记得他几年前曾替我工作过，他现在人在纽约，会跟你联络有关可怜的朱丽亚惨死之事。希望你在能力范围内尽一切可能去（这里有一行打了一堆 X 和 M 的字，完全无法辨别）说服他找出杀她的凶手。我不在乎要花多少钱，付给他就是了！

我要请你转达几件你本人并不知道的事情给他。我想他不应该把这些事情告诉警方，但他会晓得怎么做最好，而且我希望他有完全的自由，就好像我对他怀抱最大的信心一样。或许你最好就拿这封信给他看，看完后我得要求你仔细地将此信销毁。

以下就是一些事情。我星期四晚间与朱丽亚碰面时从她那儿拿了一千元，她说她想辞职，说她身体不太好，医生告诉过她应该离开静养。而且现在她叔叔已经买了房子，经济上没问题，想要辞职。她之前从没提过她的健康情形，所以我猜想她有所隐瞒，希望她说出来，但她坚持之前的说法。我也不知道她叔叔快死掉的事情。她说她的约翰叔叔住在芝加哥。我猜想如果这个线索重要的话应该查得出来，我无法说服她改变心意，所以她工作到月底就要辞职了。她看起来似乎有些顾虑或害怕，但她说没有。我一开始还担心她辞职的事情，但接着就不担心了，因为我以前一直信任她，现在如果她如我所猜想的在撒谎的话，那我就不再信任她了。

第二件我希望查尔斯知道的事情是，无论别人怎么想或以前如何，朱丽亚和我（此处"现在"被打叉，但还看得出来）在她被谋杀之时以及最近一年多以米，只是彼此的雇主和职员。这样的关系是双方同意的结果。

接下来，我相信应该去追查几年前和我们曾有过一些纠纷的维多·罗斯华特的下落，因为我现在正在从事的实验与他宣称我曾从他那儿剽窃的构想有关，而且如果他逼问朱丽亚我的去处而遭拒，我相信他那种疯子在愤怒之下有可能杀掉她。

第四，而且"最重要的"，我的前妻是否曾与罗斯华特联络过？她怎么会知道现在我正在从事他曾辅助过的实验？

第五，警方一定是很快就相信我对谋杀案没有情报可提供，所以没有采取行动找我……

他们的行动很可能会导致我的实验被发现以及提早曝光，此刻的曝光我觉得非常危险。若要避免，最好能够立即查清楚她遇害的疑云，这也是我希望能做到的。

我会时常与你联络，若有任何事有必要联系，请在《纽约时报》刊登以下广告："艾伯纳。好。邦尼。"

我会立即安排与你联系。

希望你充分了解说服查尔斯替我行动的必要性，因为他已经熟知罗斯华特的麻烦，也认识大部分相关的人。

你真诚的克莱德·维南特

我把信放在麦考利的书桌上，开口道："解释了很多事情。你还记得他跟罗斯华特之间的纠纷是怎么回事吗？"

"是有关水晶结构的转换。我可以查。"麦考利拾起那封信的第一页，朝着信皱眉头："他信里说那天晚上他从她那儿拿了一千元。但我给了她五千元请她转交给他，她说他要这么多的。"

"另外四千元是因为约翰叔叔的房地产？"我暗示道。

"看起来是这样。真可笑：我从没想过她会骗他。我得查查我交给她的其他款项。"

"你知道她曾因为仙人跳的案子在克利夫兰坐过牢吗？"

"不知道，她真的坐过牢？"

"根据警方的说法……她当时名叫萝达·史都华。维南特是怎么会雇用她的？"他摇摇头，"我不知道。"

"你知道她家里在哪儿、有什么亲戚这一类的事情吗？"他再度摇摇头。"她订婚的对象是谁？"

"我不知道她订婚了。"

"她手指上戴着订婚戒指。"

"我倒是第一次听说，"他说，然后闭上眼睛思索。"不，我不记得曾注意到订婚戒指。"他的前臂放在书桌上，对着我笑，"好吧，请你替他做事，机会有多大？"

"很小。"

"我也这么想。"他一只手移过去摸摸那封信，"你跟我一样了解他。要怎么样你才会改变心意？"

"我不……"

"如果我能说服他跟你见面，会不会有帮助？或许如果我告诉他，请你答应的唯一……"

"我很想跟他谈，"我说，"可是他讲话的内容一定比他写的信更怪异。"

麦考利慢吞吞地问："你的意思是，你认为有可能是他杀了她？"

"这一点我不知道，"我说，"我跟警方一样不知道。可以确定的是，即使警方找得到他，也没有足够的证据逮捕他。"

麦考利换了口气："当一个傻瓜的律师实在不怎么好玩。我会试着要他理智地听我的话，可是我知道他不会听的。"

"我想问，他最近的财务状况怎么样？还跟以前一样稳定吗？"

"差不多。不景气对他和我们其他人都有些影响，他那些金属分解制造法的专利现在已经几乎全到期了，不过每年还是可以从玻璃纸和隔音专利上赚到五六千元，还有一些零头来自比方……"他忽然停下来问："你不会是担心他没钱雇用你吧？"

"不，我只是好奇罢了。"我又往其他方向想了想："除了前妻和小孩之外，他还有其他亲戚吗？"

"有一个姐姐，叫爱丽思·维南特，他上一次跟她讲话已经是四五年前的事情了。"

我想那就是乔格森母女圣诞节晚上没去拜访的那位爱丽思姑妈。"他们是怎么闹翻的？"我问。

"他接受一家报社采访，说他不认为苏联的五年计划必然失败。其实他的看法也没那么强烈。"

我笑了："他们是……"

"她比他更严重，还会丧失记忆。维南特割盲肠那次，住院第一天下午，她和咪咪搭计程车要去看他，碰到一辆从医院方向开过来的灵车。爱丽思小姐就脸色发白抓住咪咪的手臂说：'喔，老天！那上头应该就是他的名字吧！'"

"她住在哪里？"

"麦迪逊大道。电话簿上可以查到。"他犹豫着，"我不认为……"

"我不会去打扰她的。"我话还没讲完，电话铃响了。

他把话筒凑到耳朵上说："喂……是的，我就是……谁？……噢，是的……"他嘴巴周围的肌肉绷紧了，眼睛稍稍瞪大，"哪里？"他听了一会儿，"是的，当然，我可以去吗？"他看了一眼左腕上的手表，"好，火车上见。"他放下电话。"是纪尔德队长，"他告诉我，"维南特在宾州艾伦城自杀未遂。"

Chapter 13

我走进帕玛俱乐部时，桃乐希和昆恩正坐在吧台。他们没看到我，直到我出现在桃乐希旁边说："Hello，两位。"他们才发现。桃乐希还穿着上回我见到她时所穿的那套衣服。

她看着我，又看看昆恩，开始脸红："你去跟他说。"

"大小姐在生气呢，"昆恩兴高采烈地说，"我替你买了那些股票，你应该多买一些的。要喝什么？"

"老样子。你真是个好客人，一句话也没留就跑掉。"

桃乐希再度看看我。脸上的伤痕已经转白，淤青几乎看不出来，嘴巴也不肿了。"我本来相信你的，"她说，一副要哭的样子。

"你这话什么意思？"

"你心里明白是什么意思。甚至你去妈妈那儿吃晚饭，我还是相信你。"

"那现在为什么不相信了？"

昆恩说："她已经气了一下午，你别又惹她了。"他一只手盖住她的手。"来，来，亲爱的，你不……"

"拜托你闭嘴。"她把手抽走。"我很清楚我是什么意思，"

她告诉我，"你和诺拉都去妈妈面前取笑我……"

我开始明白是怎么回事了。"她这么告诉你，你就相信了？"我笑笑，"二十年后你还会相信她的谎言？我猜她在我们离开后打电话给你，我们吵了一架，没有久留。"

她抬起头说："噢，我好笨。"声调很低，可怜兮兮的。然后她抓住我的双臂说："好，我们现在去找诺拉。我得向她解释清楚。我真是个笨驴。要是她生我的气那也是我活该……"

"没问题，我们有的是时间。先喝了这杯酒吧。"

昆恩说："查尔斯兄弟，我想跟你握握手。你给我们小朋友的生命重新带来阳光和欢乐……"他一饮而尽。"我们去看诺拉吧，那边的酒一样好，而且还更省钱呢。"

"你为什么不留在这里？"她问。

他笑着摇摇头："我不干。也许你能让尼克留在这里，可是我要跟你走。我一整个下午都在伺候你的坏脾气，现在想多沐浴一点阳光。"

我们回到诺曼第旅馆时，吉柏特·维南特和诺拉一起迎接我们。他亲吻了他姐姐，然后握了我的手，介绍过后又握了哈里森·昆恩的手。桃乐希立刻冗长、真挚又颠颠倒倒的向诺拉致歉。诺拉说："别这样，我没什么要原谅的。如果尼克跟你说我不高兴或受到打搅什么的，那只不过因为他是个希腊骗子。我来替你把大衣挂起来吧。"

昆恩打开收音机，上头的数字钟亮出东区标准时间五点三十一分十五秒。诺拉告诉昆恩："你负责调酒吧，你知道东西放哪儿，"然后跟着我到浴室问道："你在哪找到她的？"

"在一家地下酒吧。吉柏特怎么会在这里？"

"他说来找他姐姐。她昨天晚上没回家，他猜想她还在这儿。"她笑了，"不过就算来这儿找不到她，他也不意外。他说她老是到处游荡，她有流浪癖，那是遗传自母系的基因，非常有趣。他说史泰柯宣称有这种基因的人通常也会有窥盗狂的倾向，他还会故意放一些东西看她会不会去偷，可是据他所知，她还没偷过。"［译注：史泰柯（Wilhelm Stekel），与弗洛依德同时代的心理学家。］

"真是个小男孩。他有没有谈到他父亲？"

"没有。"

"也许他还听说，维南特在艾伦城企图自杀。纪尔德和麦考利已经赶去看他了。不知道是否该告诉他们。我很好奇会不会是咪咪派他来的。"

"我觉得不是，但如果你这样觉得……"

"我只是好奇罢了，"我说，"他来很久了吗？"

"大概一个小时了。这个小孩很好玩，正在学中文，还在写一本谈知识和信仰的书……不是用中文写的。另外他觉得杰克·奥基很不错。"［译注：杰克·奥基（Jack Oakie，1903-1978），好莱坞早期著名演员。］

"我也觉得他很不错。你醉了吗？"

"有一点。"

我们回到客厅时，桃乐希和昆恩正随着《艾蒂曾是个淑女》的音乐起舞。吉柏特放下原先正在看的杂志，礼貌地说希望我早日复元。我说已经好多了。

"据我记忆所及，我从没受过伤，"他接着说，"从来没有过。我试过要弄伤自己，不过那当然跟真的受伤不一样。我只不过弄得自己又痛又难过，还流了一大堆汗。"

"其实真正受伤也差不多是这样，我说。

"真的吗？我还以为会比较……呃，比较严重。"他向我凑近一点。"这类事情不懂。我太年轻了，还没有机会去……查尔斯先生，如果你太忙或者不愿意，直说没关系，但如果能让我偶尔趁人不多的时候过来，私下跟你聊一聊，我会感激不尽。我有好多事情要问你，这些事情都找不到其他人可谈，而且……"

"我没把握，"我说，"不过只要你有时间，我很乐意试试看。"

"你真的不介意？不光是出于礼貌而已？"

"不，我是真心的，只不过我不确定能如你所愿地帮到你。要看你想知道些什么。"

"呃，比方食人族之类的事情，"他说，"我不是指非洲或新几内亚那类地方的……而是比方发生在美国。这种事情多不多？"

"现在这种时代不多，至少据我所知是如此。"

"那是曾经有过喽？"

"我不知道多不多，不过在这个国家安定之前，总是难免会发生。等一等……我可以找个例子给你。"我走到书架前，想找一本诺拉从二手书店买来的杜克所著的《美国著名罪案》，一下就找到了，然后交给他说，"只有三四页。"

"食人者"艾弗瑞·佩克在科罗拉多山区
谋杀了他的五个同伴，吃掉尸体并偷走他们的钱

一八七三年秋天，二十个大胆的男子离开犹他州盐湖城，去圣胡安山区探险。他们听说该地藏有价值连城的财宝，便轻松愉快且满怀希望地展开了旅程，但几个星期过去了，他们什么也没发现，只有一片荒无的不毛之地以及冰雪覆盖的山脉，让他们越来越消沉。他们越往前走，就越觉得荒野看起来魅力尽失，最后，显然唯一的报酬将是饿死，他们终于开始绝望了。正当这些探险者绝望得要放弃时，他们看到远方有个印第安营地，虽然落到"红番"手里会遭到什么样的命运很难说，但他们仍决定怎么死都好过饿死，于是一致同意赌赌看。

走向那个营地的途中，他们遇到一个印第安人，看起来非常友善，并陪着他们去见奥瑞酋长。让他们大为惊讶的是，那些印第安人非常周到地招待他们，并坚持要他们留在营地直到从旅途的辛劳中恢复过来为止。最后这群人决定再度动身，目标是松林营区。奥瑞酋长试图劝阻他们，并成功地说服了其中十个人放弃旅程，返回盐湖城。另外十个人则决定继续，于是奥瑞酋长给了他们充足的粮食，并劝告他们沿着古尼森河走，此河是为纪念一八五二年遇害的古尼森上尉而命名的（请见摩门教友乔·史密斯生平）。

艾弗瑞·佩克看起来是这群继续探险人中的领袖，他吹嘘自己对这片荒野的地形非常了解，并对自己找路毫不费劲

的本领表现得极有自信。这群人走了一小段路之后，佩克告诉他们，不久前格兰特上游附近发现了丰富的矿藏，他建议带领大家前往该处。有四个人坚持遵照奥瑞酋长的指示，但佩克说服了其余五个人与他结伴前往矿区，这五人分别名叫史旺、米勒、努恩、贝尔和杭福瑞，另外四个人则继续沿着河走。

四人的那一组人，后来有两个人饿死并被遗弃，但剩下的两个人终于在历经艰苦之后，于一八七四年二月抵达了松林营区。这个营区由亚当斯将军指挥，两个不幸的探险人受到妥善的照顾。等到精力恢复之后，便重返文明社会。

一八七四年三月，亚当斯将军被召到丹佛开会。一个寒冷的暴风雪的早晨，他尚未返回，营区的工作人员正坐着吃早餐，被门口出现的一个野人给吓住了，他凄惨的要求食物和休息的地方。他的脸肿得可怕，虽然肚子空空，但其他状况还好。他自称名叫佩克，并表示他的五个同伴因为他生病而遗弃他，但留给他一支来福枪，他也带在身边。

留在那个营区十天并接受工作人员款待之后，佩克上路又到了一个名叫撒瓜切的地方，他表示他决定要一路去宾州找他的弟弟。在撒瓜切，佩克四处买醉，而且显然身怀巨款。在酒醉后，他说了许多关于探险队同伴死掉的故事，和之前的说法颇为矛盾，他似乎涉嫌用不正当的方式处理掉他的同伴们。

此时亚当斯将军正从丹佛赶回营区，在撒瓜切暂时停留，住在欧图·密尔斯家中时，密尔斯建议他逮捕佩克并调查他的行动。将军决定将佩克带回营区，途中他在道尼少校的小屋停留，遇到那十个听从印第安酋长劝告放弃旅程的人。此时证明佩克之前所说的有一大半是撒谎，于是将军认为需要做一个彻底的调查，佩克被绑起来带回营区，遭到严密的监禁。

一八七四年四月二日，两个很激动的印第安人跑来营区，手上拿着几条他们宣称是"白人的肉"的肉条，说是在营区外面发现的。由于放在雪地中，天气又非常冷，因此肉并未腐烂。佩克看到这个证据时，忽然面如土色，低低地呻吟一声，整个人瘫倒在地。经过照顾与怜悯的恳求之后，他作了一番供述，大致如下：

"我和其他五个人离开奥瑞的营地时，觉得我们有充分的粮食足可应付眼前漫长而险恶的旅程，但我们的食物迅速消耗，很快就濒临饿死的边缘。有几天我们从土里掘出草根维生，但因为草根没有营养，天气又太冷，动物与鸟类都绝迹，情况变得越来越绝望。每个人的眼中开始露出奇怪的神情，而且都对其他人很疑心。有一天我出去捡柴火，回来时发现我们之中最年长的史旺先生被击中头部而死，其他人正在切开他的尸体准备吃掉。他身上的两千元也被瓜分。

"这份食物只维持了几天，我建议下一个受害者应该是米勒先生，因为他身上肉比较多。他去捡柴时，头骨被一把手斧砍裂。接下来的受害者是杭福瑞和努恩。最后只剩下贝尔和我，我们只能坚定地相守，并肩等待命运降临。我们不想伤害彼此，宁可饿死。有一天贝尔说，"我再也受不了了"然后如饿虎般地扑向我，同时打算朝我开枪。我躲开他的子弹，用一把手斧杀了他。然后我把他的肉割成一条条，带着上路。我在山顶发现这个营区时，就把剩下的肉条丢掉。我不得不承认我越来越喜欢人肉的滋味，特别是胸部的那部分。"

说完这个令人毛骨悚然的故事后，佩克同意替罗特先生所率领的一组人带路，去找寻被杀害的探险队员的尸骨。他带领他们到一个高而险峻的山上，然后宣称找不到路，这组人便决定放弃搜寻并打算次日返回营区。当天晚上佩克和罗特睡在一起，夜里佩克攻击他，企图杀害罗特后逃走，但被制伏并绑了起来。这组人回到营区之后，就把佩克交给警长。

那年七月初，一名来自伊利诺伊州裴欧里亚名叫雷诺的艺术家正在克里斯多佛湖畔写生，发现了那五个人的尸体躺在一个铁杉林中。其中四具尸体排在一起，第五具无头尸体在不远处寻获。贝尔、史旺、杭福瑞和努恩的尸体在后脑都有来福枪子弹的伤口，后来米勒的头找到了，已经碎裂，显然是被旁边的那把来福枪击碎的，枪柄已经断掉。

这些尸体明显证明佩克犯下食人与谋杀罪。但他说他喜欢胸部的肉或许是真的，因为每一具尸体的整个胸部都被从肋骨割走。尸体旁的一条小径通往附近的一个小木屋，里头寻获了遇害者的毯子和其他物品，所有迹象都显示佩克杀人后在小木屋中居住多日，而且中间他多次去陈尸处取人肉食用。

在发现这些后，警长开出拘票，以五项谋杀罪起诉佩克。但佩克趁警长不在时早已逃狱，此后没有人听说过有关他的信息。直到九年后的一八八三年一月二十九日，亚当斯将军收到一封寄自怀俄明州谢轩宁的信，信中说一名盐湖城的探险员表示，他在该处亲眼见到佩克。这个写信的人说，佩克现在化名为约翰·史瓦慈，与违法帮派有联系。警探开始侦查，在一八八三年三月十二日，拉若密郡的夏普乐斯警长逮捕了佩克，随后在十七日由亨斯戴尔郡的史密斯警长押送犯人返回科罗拉多州的盐湖城。

他在一八七四年三月一日于亨斯戴尔郡以谋杀斯瑞·史旺的罪名被起诉，一八八三年四月三日开始审理。审判中证明探险队中除了佩克外，每个人都身怀巨款。被告重复他之前说只杀了贝尔的供词，而且是出于自卫。四月十三日，陪审团判决被告有罪并处以死刑。佩克的死刑暂缓，随后上诉到最高法院。同时他也转到古尼森监狱，以免遭到群众的暴力攻击。

一八八五年十月，最高法院以五项过失杀人罪重新起诉佩克，最后被判五项都有罪而且各处八年徒刑，总共是四十年徒刑。他在一九〇一年一月一日出狱，并于一九〇七年四月二十四日死于丹佛附近的一个农场。

吉柏特正在读这篇文章时，我拿了一杯酒。桃乐希停止跳舞过来加入我。"你喜欢他吗？"她问，头对着昆恩的方向指了一下。

"他还不错。"

"或许吧，可是有时候真笨得可以。你没问我昨天晚上在哪儿过夜，你不关心吗？"

"那不关我的事。"

"可是我替你查到了一些情报。"

"什么情报？"

"我去了爱丽思姑妈家。她的脑袋不太对劲，不过人很好。她告诉我，她昨天接到一封我爸写来的信，警告她要提防妈妈。"

"警告她？他说了些什么？"

"我没看到信。爱丽思姑妈这几年都在生他的气，所以把信给撕掉了。她说他变成党派人士，而且她确定是党派人士杀了朱丽亚·沃夫，最后也会杀了他。她认为都是因为他们泄密所惹的祸。"

我说："我的老天！"

"别怪我。我只是转述她告诉我的话而已。我说过她脑袋不太对劲的。"

"她有没有说这些鬼话是从信上看来的？"

桃乐希摇摇头："没有。她只说信里警告她。我还记得她说，他写信叫她不要相信跟她联络的任何人，我想指的是我们所有人。"

"设法再多回想一点。"

"没有了。她就告诉我这些。"

"那封信从哪里寄来的？"

"她不知道……只知道是航空信。她说她没兴趣。"

"她怎么想的呢？我是说，她把那个警告当回事了吗？"

"她说他是个激进派……就用这个字眼……她对他说的话一点兴趣都没有。"

"那你把他的警告当回事吗？"

她凝视我好一会儿，开口前舔了舔嘴唇："我觉得他……"

吉柏特手上拿着书过来，似乎对我给他的那个故事感到失望。"非常有趣，"他说，"但是，你可能误会我的意思了，这并不是一个病理学上的例子。"他一手揽住他姐姐的腰说："这个故事不单是病理学和饥饿的问题而已。"

"对，除非你相信那个凶手的说法。"我说。

桃乐希问："你们在说什么？"

"书上的一个故事。"吉柏特回答。

"告诉他关于你姑妈收到的那封信，"我跟桃乐希说。于是她告诉了吉柏特。

她讲完之后，吉柏特无奈地扮了个鬼脸："真蠢，妈妈根本不危险。她只是个停止进化的例子罢了。我们大部分人长大后都够成熟，有足够的伦理和道德观念之类的。妈妈只是这方面没长大罢了。"他皱皱眉，思索着自我更正："她也许有危险性，但情形就像小孩子玩火柴一样。"

诺拉和昆恩在跳舞。"那你觉得你父亲呢？"

吉柏特耸耸肩说："我只有小时候见过他。我对他有个理论，不过大部分都是猜测。我想……，我主要想知道的是，他是不是性无能。"

我说："他今天企图自杀，就在艾伦城。"

桃乐希叫了起来："不会吧，"声音尖锐得让昆恩和诺拉中断跳舞，然后桃乐希转过头来对着她弟弟昂起头。"克里斯在哪里？"她问。

吉柏特的视线从她脸上转到我脸上，又迅速移回她脸上。"别装疯卖傻了，"他冷冷地说，"他跟他那个妞儿出城去了，那个姓芬腾的妞儿。"

桃乐希没再盯着吉柏特看，似乎相信了。"她嫉妒他，"吉柏特向我解释，"都是恋母情结作祟。"

我问："你们两个有谁见过维多·罗斯华特？就是我刚认识你们时，跟你父亲有点纠纷的那个人。"

桃乐希摇摇头。吉柏特说："没见过，怎么？"

"只是一个想法。我也从没见过他，但根据我所听说的，加上一些简单的改变，倒是很像你们的克里斯·乔格森先生。"

Chapter 14

当天晚上诺拉和我去参加无线电城音乐厅的开幕典礼，然后我们估计已经亮相超过一个小时之后就离开了。"去哪儿？"诺拉问。

"都可以。你要去看看莫若力提过的那个匹吉龙俱乐部吗？你会喜欢史杜西·勃克的，他以前专偷保险柜。他宣称曾因扰乱治安罪名在海格城的监狱坐牢三十天的期间，打开监狱的保险柜。"

"就去那儿吧。"她说。

我们沿着四十九街往下，然后问过两个计程车司机、两个报童，还有一个警察之后，找到了那个地方。看门的说他没听说过勃克这个人，不过可以进去问问。然后史杜西出来站在门口。"你好吗，尼克？"他说，"进来吧。"

他是个中等身高的大块头，现在发福了些，可是肌肉并未松弛。他至少五十岁了，但看起来像四十岁的人。一张大脸很可爱，长满麻子。头顶剩不了几根花白的头发，不过秃头也没能让他的前额宽阔一些。他的声音是那种厚实的低音。我和他握手，并向他介绍诺拉。

"你有太太了，"他说，"真了不起。老天，你要喝香槟还是来找我打架？"我说我们不必打架，然后一起进去。他的店看起来有一种舒服的破旧感，现在刚好是人最少的时段，只有三个顾客。我们在角落的一张桌子边坐下，史杜西跟侍者指名要哪种香槟。香槟来了之后，他仔细地检查瓶子后点点头。"结婚对你是好事。"他搔搔下巴说，"好久没看到你了。"

"的确很久。"我同意。

"以前就是他把我送到北边去的。"他告诉诺拉。（译注：此处北边意指纽约州州立监狱）

她同情地喃喃道："他以前是个好侦探吗？"

史杜西前额皱了皱说："大家都这么说，可是我不知道。他逮到我那次是意外，我先给了他一个左勾拳。"

"你怎么会叫那个野人莫若力来烦我？"我问。

"你知道外国佬什么样的？"他说，"老是歇斯底里。我不知道他会闹出这种事。他很担心警察会把沃夫谋杀案扣在他身上，我们又在报纸上看到你在查这个案子，所以我跟他说：'假如你得找人澄清，尼克很可靠，他应该不会出卖你。'所以他就说他会去找你。结果你怎么对付？朝着他扮鬼脸？"

"他自己偷跑到我那儿被警方看到，然后又怪我。他是怎么找到我的？"

"他朋友很多。何况你也没躲起来，不是吗？"

"我才进城一星期，而且报纸上也没说我住哪儿。"

"是吗？"史杜西很感兴趣地问，"你这几年都在哪儿？"

"我现在定居旧金山。他怎么找到我的？"

"旧金山很不错。我好几年没去了，不过那儿很不错。我不该告诉你，尼克。你去问他，那是他的事情。"

"只不过是你介绍他来找我的。"

"是啊，"他说，"只不过是如此，没错。可是呢，你知道，我也替你吹嘘了一下。"

我说："不愧是老朋友。"

"我怎么知道他会去大闹一场？总之，他没伤你太重吧？"

"或许吧，不过对我也没任何好处，而且我……"侍者拿着香槟过来时，我停了下来，和诺拉品了品香槟，说非常好。其实很烂。"你想他杀了那妞儿吗？"

史杜西很肯定地用力摇摇头："不可能。"

"他是那种会开枪杀人的家伙。"我说。

"我知道……他们外国佬都很歇斯底里……可是那天他整个下午都在这里。"

"整个下午？"

"整个下午。我可以发誓。一些男男女女在楼上庆祝，据我所知，他一直待在楼上没下来，更别说离开这家店了。不是开玩笑，这件事他可以证明的。"

"那他有什么好担心的？"

"我怎么会知道？你以为我没问过他吗？可是你也知道他们外国佬是怎么回事。"

我说："是啊，很歇斯底里。他会不会派个朋友过去找那个妞儿？"

　　"我觉得你想错了，"史杜西说，"我认识那个妞儿，以前她常跟他来这儿。他们两个只是玩玩。他对她没有痴迷到要宰掉她那种程度。"

　　"她也嗑药吗？"

　　"我不知道。我看她嗑过几次，不过可能只是应酬一下，跟着他嗑一点而已。"

　　"她还跟其他哪些人混一道？"

　　"我认识的没有。"史杜西淡淡地回答，"有个叫努汉的告密鬼以前常来，很迷她，可是看得出来他没搭上她。"

　　"所以莫若力就是从他那儿打听到我地址的？"

　　"别傻了。莫若力只会想跟他弄点古柯碱来快活一下。他怎么会告诉警方莫若力认识那个妞儿？他是你朋友吗？"

　　我想了想，说："我不认识他。听说他时不时替警方通风报信。"

　　"噢。谢了。"

　　"谢什么？我又没说什么。"

　　"够多了。现在你告诉我：我们扯这一大通要干吗，呃？那个维南特杀了她，不是吗？"

　　"很多人这么以为，"我说，"但我用一百块跟你赌五十块，不是他干的。"

　　他摇摇头："你在行的事情我不跟你赌，"他的脸一亮说："可是我告诉你，如果你要赌的话，我们可以拿点现金出来赌别的。你知道你逮到我那次，就像我刚刚说的，我的确先出手了，我一直很好奇再来一次你能不能制住我。有时候看你得意，我就想……"

我笑着说："不了，我现在身手不行了。"

"我自己也肥得跟猪一样。"他坚持。

"何况，那次是侥幸，当时你失去平衡，我却重心稳得很。"

"你只是想让我安心一点，"然后更认真地说，"不过我想你的确抓住了我这个弱点。好吧，如果你不想……来，我替你倒满。"

诺拉决定早些回家，而且要清醒地回家，于是刚过十一点，我们就离开史杜西和他那家匹吉龙俱乐部。他送我们上计程车，热切的握握我的手。"今天晚上真愉快。"他告诉我们。我们也说了同样的客气话，然后车子驶离那儿。

诺拉认为史杜西很棒，"他讲的话有一半我完全听不懂。"

"他还不错。"

"你没告诉他你已经不是侦探了。"

"他会以为我在瞒着他什么，"我解释，"像他这种在道上混的，他认为一日侦探、一世侦探，与其让他以为我撒谎，我宁可真的跟他撒谎。你有没有感觉到，在某种程度上，他真的很相信我？"

"你说维南特没杀她，是实话吗？"

"不知道，我想是吧。"

到了诺曼第旅馆，有封麦考利从艾伦城发来的电报：

这里的人不是维南特，也没有企图自杀。

Chapter 15

次日上午我找来一个速记员，把这几天堆积的邮件处理掉大半。然后打了个电话给我们旧金山的律师……我们正试着让我们工厂的一个客户免于破产。又花了一个小时详细检查一个减低州税的计划。完全像个忙碌的生意人，觉得自己正派极了，一直忙到两点才结束一天的工作，出去和诺拉吃午餐。午餐后她有个打桥牌的约。我则去看纪尔德，稍早我曾跟他通过电话。

"所以那个自杀情报是假的吗？"我们握过手，舒服地坐在椅子上后，我说。

"正是如此。那人根本不是维南特。你知道原来这么回事：我们告诉费城的警方，维南特从费城发来一封电报，又告诉他们维南特的长相，接下来一个星期，半个宾州里任何瘦巴巴或许还有大胡子的人就都成了维南特。这次这个家伙叫巴罗，据我们所知是个木匠，下班后被一个持枪抢劫的黑鬼给射中了。他现在还不太能说话。"

"射中他的人，会不会跟艾伦城的警方犯了相同的错误？"我问。

"你是说，开枪的人以为他是维南特？我想有可能……如果有帮助的话。会是吗？"

我说："我不知道，麦考利有没有说维南特寄来的那封信里写了些什么？"

"他没告诉我信上写什么。"我告诉他，又把我所知道的有关罗斯华特的事情说了。他说："现在这可有趣了。"

我又告诉他维南特寄给他姐姐的那封信。

他说："他写信给这么多人，不是吗？"

"我也这么觉得。"我向他描述维多·罗斯华特的长相，告诉他经过这几年的改变之后，跟克里斯·乔格森的样子很符合。

他说："听你这种人的话不会有什么大错的。你尽量多讲些吧。"我告诉他我要说的就这些了。

他坐在椅子上往后靠，淡灰色的眼珠朝上看着天花板。"有几件事情我们搞清楚了。"没多久他说。

"那个在艾伦城的家伙是被点三二口径的子弹射中的吗？"我问。

纪尔德好奇地盯着我看了一会儿，然后摇摇头："点四四。你想到什么了吗？"

"没有。只是想到什么说什么。"

他说："我了解。"然后又往后靠再去看天花板。再度开口时，好像他正在思索其他的事情。"你问过麦考利的不在场证明没问题。当时他赴约迟到，之后从三点零五分到二十分，我们确定他在五十七街一位赫尔曼先生的办公室里，时间查证过了。"

"那三点之后的五分钟呢？"

"没错，你有所不知。我们找到一个叫可瑞斯的家伙，在第五大道开了家洗衣店，他三点零五分打电话给沃夫小姐问她有没有衣服要洗，她说没有，还跟可瑞斯说她要出门了。所以遇害的时间就可以缩短到三点零五分至三点二十分之间。你不会真的怀疑麦考利吧？"

"我怀疑每一个人，"我说，"你三点零五分到三点二十分之间在哪里？"

他笑了。"事实上，"他说，"我大概是这群人里面唯一没有不在场证明的人。当时我正在看电影。"

"其他人都有不在场证明？"

他的脑袋上下点着说："乔格森和乔格森太太一起离开公寓……大约是两点五十五分……然后独自偷溜到西七十三街去看一个叫欧嘉·芬腾的女孩……我们答应不告诉他太太的……然后在那儿待到差不多五点。乔格森太太去了哪儿我们已经知道了。他们离开公寓时，她女儿正在换衣服，然后十五分钟后搭上计程车直接去古德曼精品店。她儿子整个下午都在图书馆，老天，他爱看一些怪书。莫若力在四十几街的一家酒吧。"他笑了笑问："那你呢？"

"我留着等到有必要再说吧。这几个人的不在场证明都不怎么牢靠，不过真正的不在场证明也很少牢靠。那努汉呢？"

纪尔德似乎吃了一惊："你怎么会想到他？"

"我听说他很迷那个妞儿。"

"你哪儿听来的？"

"听说的。"

他皱皱眉说："这个说法可靠吗？"

"可靠。"

"嗯，"他慢吞吞地说，"这个家伙我们也可以查。不过坦白说，你管这些人干吗？你不觉得是维南特干的吗？"

我向他提出跟史杜西一样赔率的赌注："五十块赌你二十五块，不是他干的。"

他眉头紧锁，静静地瞪着我良久，然后说："总之，这是一个想法。你的嫌疑犯是谁？"

"我还没推到那么远。你要了解，我什么都不知道。我不是说维南特没杀掉她，我只是说任何线索都没指向他。"

"而且还愿意一赔二。为什么没有指向他？"

"姑且称之为直觉吧。"我说，"可是……"

"我不想称之为任何东西，"他说，"我觉得你是个好侦探。我想听听你有什么想法。"

"我想说的大半是问题。比方说，从那个电梯服务生让乔格森太太搭到沃夫小姐那一楼放她下来，到她按铃找他上来说她听到呻吟，中间花了多少时间？"

纪尔德嘴唇一紧，然后开口问，"你觉得她可能……"然后让问题的下半段悬在半空中。

"我觉得她可能。我想知道努汉当时在哪里。我想知道维南特信里问题的答案。我想知道麦考利给沃夫小姐的钱和她似乎已经转交给维南特的钱，中间的四千元差额哪里去了。

我想知道她那枚订婚戒指是哪里来的。"

"我们会尽全力去查，"纪尔德说，"至于我……现在我只想知道，如果不是维南特干的，为什么他不出面回答我们的这些问题。"

"原因之一可能是乔格森太太想把他再度关进精神病院吧。"我思索着，"贺柏·麦考利替维南特工作，你不会光凭麦考利的话，就相信艾伦城那个人不是维南特吧？"

"不。他比维南特年轻，头发已经泛灰，不是染色的，而且他看起来也不像我们手上的照片。"他似乎很肯定，"你接下来一个小时有什么事吗？"

"没有。"

"那好。"他站起身，"我去叫几个人查查我们刚刚讨论过的事情，然后或许我们两个一起去拜访一些人。"

"没问题。"我说，然后他离开办公室。

他的字纸篓里面有一份《纽约时报》。我挑出来，翻到广告栏。麦考利的广告登在上面：艾伯纳。好。邦尼。

纪尔德回来时，我问："维南特的帮手怎么样了？你查过曾在他店里工作的那些人吗？"

"嗯，不过他们什么都不知道。他离开的那个周末，他们就都被解雇了……有两个人……此后没再见过他。"

"那个店关了之后，他们去做什么工作？"

"油漆工之类的吧……总之就是有钱赚的工作。不知道。如果你想知道，我可以查。"

"我想应该无关。那家店没问题吧？"

　　"看起来没什么问题，我看是如此。你觉得那个店可能有问题吗？"

　　"什么事情都有可能。"

　　"嗯，好，我们动身吧。"

Chapter 16

"第一件事情，"我们离开办公室后，纪尔德说，"我们去看努汉先生。他应该在家，我叫他乖乖待在家里等我电话。"

努汉先生住在第六大道旁一栋又黑又潮湿、又臭又吵的建筑里的四楼。纪尔德敲了门，里面传来一阵急促的脚步声，然后一个声音问："谁？"是个男人，讲话带着鼻音，有几分急躁。纪尔德说："约翰。"门急速打开，应门的是一名约莫三十五六岁的苍白小个子男子，身上只穿了汗衫、蓝裤子还有黑色丝质长袜。"没想到你会来，队长，"他哀号起来，"你说你会先打电话的。"他似乎很吃惊。他的黑色眼珠很小，不停地眨着，阔而薄的嘴松松垮垮的，鼻子则异常柔软，长而下垂，而且又扁又塌。

纪尔德用手碰碰我的肘，我们一起踏进门。左方一扇没关的房门内，可以看到里面的床没有整理。我们所在的这个房间是客厅，破烂又肮脏，到处是衣服、报纸，还有脏盘子。右方一个凹进去的小房间有一个水槽和炉子。一名女子站在水槽和炉子之间，手里拿着一个嘶嘶作响的长柄平底锅。她是个大概二十八岁的大骨架丰满女郎，有一种狰狞邋遢的美。

身上穿了一件皱巴巴的粉红色和服式睡衣，脚上穿着那种不分左右脚的地板拖鞋，很破旧，已经磨得歪向两旁。她不高兴地瞪着我们，纪尔德没向努汉介绍我，也没答理那个女的。"坐吧。"他说，然后把沙发一角的衣服挪开找地方坐。

我挪开一张摇椅上的报纸，也坐下了。见纪尔德没脱帽，所以我也没脱。努汉走到餐桌旁，桌上一个品脱装威士忌瓶子里有两寸高的酒，旁边两只平底大玻璃杯，然后他说："要不要来一杯？"

纪尔德皱了皱脸说："我不喝这种酒。你为什么告诉我你跟那位沃夫小姐只是见过而已？""的确如此呀，队长，上帝明鉴，那是实话。"他朝我这个方向瞄了两次，然后又把眼光调回去看着纪尔德说："或许我曾跟她说过'Hello'或'你好吗'，或者如此类打招呼时会讲的话，可是我就只认识她到这个地步。上帝明鉴，这是实话。"

那个小房间里的女人嘲弄的笑了一声，但脸上却毫无喜色。努汉扭过脸去看她。"好了，"他告诉她，"你再啰唆我就打得你满地找牙。"她手臂一甩，手上的长柄锅朝努汉的头飞出去。没打中，砸到墙上。油和蛋黄在墙壁、地板，还有家具上留下新鲜的污渍。他跳起来往她那儿冲过去。我没站起来，伸出脚去绊倒他。他跌在地上。那个女人拿起一把水果刀。

"别闹了，"纪尔德吼着，他也没站起身，"我们来这里是要找你谈谈，不是看闹剧的。站起来规矩点。"

努汉慢慢爬起来。"她一喝酒就会把我逼得发疯。"他说，

"她一整天都在跟我闹。"他的右手前后摆着,"我的手腕扭伤了。"那个女人往卧室走去,经过我们身边时正眼也没瞧一下,然后进了卧室关上门。

纪尔德说:"如果你以后黏在其他女人屁股后头团团转,或许跟这位小姐就不会有这么多麻烦。"

"什么意思,队长?"努汉问,语气中带着惊讶和无辜,或许还有一些痛苦。

"朱丽亚·沃夫。"

苍白的小个子男人气了地说:"那是胡说,队长。要是有任何人说我……"

纪尔德打断他,向我提议道:"如果你想揍他,我不会因为他的手腕受伤而阻止你的,他可能没被好好揍过。"

努汉转过身来两手挡在面前,"我不是说你撒谎。我是说,可能有人误会……"

纪尔德再度打断他:"就算你能得到她,你也不会要她?"

努汉舔湿下唇,机警地看了一眼卧室的门。"唔,"他小心翼翼地压低声音,慢吞吞地说,"当然她是一级棒的货色,我想我不会拒绝的。"

"可是你没设法约过她?"

努汉犹豫着,然后走过来说:"你知道怎么回事的。男人嘛,碰到总会试试看的。"

纪尔德不高兴地看着他说:"你一开始就该告诉我。她被干掉那天下午你在哪儿?"

小个子像被针刺到似地跳了起来,大叫:"看在老天地份上，队长，你不会以为是我干的吧。我干吗要伤害她呢？”

"你当时在哪里？"

努汉松垮的嘴唇紧张地颤动说："她是什么时候……"他的话讲到一半停住，卧室门打开，大个子女人带着一个行李箱出来。她身上穿了外出服。

"蜜瑞安。"努汉说。

她瞪着他说："我不喜欢骗子，就算我喜欢，我也不会喜欢告密的骗子，就算我喜欢告密的骗子，我也不会喜欢你。"她转身走向外头的门。

纪尔德抓住努汉的手阻止他跟出去，再度问道："当时你在哪里？"

努汉叫道："蜜瑞安。别走。我会规规矩矩的，我什么都听你的。别走，蜜瑞安。"她走了出去，关上门。

"让我走，"他乞求纪尔德，"让我把她找回来。没有她我活不下去。我马上找她回来，然后你想知道什么我都告诉你。让我走。我得找她回来。"

纪尔德说："你疯了，坐下。"他把小个子男人按在椅子上，"我们又不是来这里看你和那个女的唱大戏的。那个妞儿遇害的下午，你人在哪里？"

努汉双手掩面，开始哭了起来。"你继续拖下去吧，"纪尔德说，"看我不赏你这蠢蛋两个耳光。"我倒了些威士忌在平底玻璃杯里，拿给努汉。

"谢谢你，先生，谢谢。"他喝下去，咳了咳，掏出一条脏手帕擦脸。"我一时想不起来，队长，"他哀号着说，"说不定我当时在查理的店里打撞球，也说不定在家。如果你让我去把蜜瑞安找回来，她应该会记得的。"

纪尔德说："去他的蜜瑞安。你喜欢因为记不得而被丢进大牢里吧？"

"给我两分钟，我会想起来的。我不是在拖，队长。你知道我一向对你很坦白，我现在只是太难过了。看看我的手腕。"他举起右手手腕，让我们看那儿已经肿了起来。"两分钟就好。"他双手重新掩住脸说。纪尔德向我使眼色，等着那个小个子回想。

忽然间他把双手从脸上放下来，笑了："老天爷！你刚刚这么一吓，倒真把我吓得记起来了。那天下午我……，我拿给你看。"他走进卧室。

几分钟后，纪尔德喊："嘿，我们没那么多时间，你快点。"没人回答，我们进卧室，里面是空的。打开浴室的门，也是空的，火灾逃生口的窗子大开。

我没吭声，也试着不露出任何表情。纪尔德把帽子从前额往后推了些，说："他这么搞可就倒大霉了。"他回到起居室找电话。我趁他通话时到处翻翻抽屉和柜子，可是什么都没发现。我搜查得并不彻底，而且等他指挥警方行动交代完毕后，我就结束了。

"我想我们会找到他的，没问题，"他说，"我得到一些新消息，我们已经查出乔格森就是罗斯华特。"

"谁查出来的？"

"我派一个人去跟那个证明乔格森不在场的女孩谈，那个欧嘉·芬腾，最后终于问了出来。不过他说，那个女孩提供的不在场证明倒是没问题。我想过去再跟她谈谈看。要不要一起走？"

我看了眼手表说："想是想，不过太晚了。你们还没逮到他？"

"我已经下令了，"他思索地看着我。"那个妞儿得跟我好好谈谈才行！"

我向他咧嘴笑了："现在你觉得是谁杀了她？"

"我不担心这个，"他说，"只要情报够多，多问一些人，最后哨音响起前，我就会找出真正的凶手。"我们走到外面街上，他保证会通知我最新情况，然后我们握手告别。过了两分钟，他又追上来，要我代他向诺拉致上最诚挚的问候。

Chapter 17

回到家，我把纪尔德的问候转告诺拉，又告诉她白天发生的事情。

"我也有话要转告你，"她说，"吉柏特·维南特跑来，看你不在很失望。他要我告诉你，他有'超重要'的事情要告诉你。"

"也许他发现乔格森有恋母情结。"

"你认为是乔格森杀了她？"她问。

"我想我知道是谁杀的，"我说，"但现在一团混乱，一切都只是猜测。"

"那你猜是谁？"

"咪咪·乔格森、维南特、努汉、吉柏特、桃乐希、爱丽思姑妈、莫若力、你、我或纪尔德。搞不好是史杜西干的。去调杯酒如何？"

她调了些酒。喝到第二还是第三杯的时候，她去接了电话，然后告诉我："你的朋友咪咪想跟你谈谈。"

我过去拿起电话："喂，咪咪。"

"真抱歉前两天晚上我那么没礼貌，尼克，但我太生气了，一时控制不了爆发出来。请原谅我。"她讲得很快，似乎急着想把话说完。

"没关系。"我说。

她才让我讲了这三个字就又开口，可是声音压低了，而且这回语气认真多了："我可以见你吗，尼克？发生了一些可怕的事情，一些……我不晓得该怎么办，也不晓得下一步该怎么走。"

"什么事？"

"我没法在电话里告诉你，可是你得教教我怎么办。我得听听别人的忠告。你可以过来吗？"

"你是说现在？"

"对，求求你。"

我说："好吧，"然后回到客厅说："我得出门一趟去看咪咪。她说她遇上了麻烦，需要帮助。"

诺拉笑了说："你就多走动吧。她跟你道歉了吗？刚刚她跟我道歉了。"

"嗯，一口气就把道歉的话讲完。现在桃乐希在家里还是在爱丽思姑妈那儿？"

"吉柏特说她还在姑妈家。你会去多久？"

"没事转一下我就回来。可能是因为警方已经逮住乔格森，她想知道警方能不能定他的罪。"

"警方有他任何把柄吗？我是说如果他没杀沃夫小姐的话。"

"我想警方有他以前的老案子——恐吓信，勒索——可以钉死他。"我喝了口酒，向诺拉也向自己提出一个问题："不知道他和努汉彼此认不认识。"我想了想，还是没有结论，"好，我该走了。"

Chapter 18

咪咪双手握住我说："你肯原谅我，实在太好太好了，尼克，你一直是那么好。我不知道星期一晚上我是怎么搞的。"

我说："过去就算了吧。"她的脸比平常红，紧绷的肌肉看起来似乎年轻许多。她的蓝色双眼发亮，冰冷的手握住我的手。她因为激动而整个人很紧张，但我猜不出是为什么而激动。

她说："你太太也实在好体贴……"

"别提这些了。"

"尼克，如果你隐藏某人谋杀的证据，警方会怎么办你？"

"必要的时候，他们就把你当成共犯——共犯其实是一个技术名词。"

"即使你是自己改变心意，主动把证据交出来？"

"还是可以，不过通常警方不会这么做。"

她扫视房子一圈，似乎是要确定房里没有其他人，然后说："克莱德杀了朱丽亚，我发现了证据，藏了起来。警方会怎么对付我？"

"如果你把证据交出来的话，大概痛骂你一顿就算了。他曾经是你的丈夫：你们够亲近了，不会有陪审团因为你企图包庇他而怪你的。当然，除非他们有理由认为你有其他动机。"

她冷静而慎重地问："你这么想吗？"

"我不知道，"我说，"我猜你是故意利用他行凶的证据，等到你联络上他，就跟他敲一笔，可是现在发生了其他事情，让你改变了心意。"她的右手弯成像爪子似的，用尖利的指甲攻击我的脸，同时龇牙咧嘴的要咬我。

我抓住她的手腕。"女人越来越凶悍了，"我说，努力让自己的话听起来别有弦外之音，"我刚刚才看过一个女人用平底锅往男人身上扔。"

她笑了，可是眼神不变："你真是个大混蛋，永远都把我想成最坏，对不对？"我松开她的手腕，她揉着上面的指印。

"丢平底锅的那个女人是谁？"她问，"我认得吗？"

"不是诺拉。他们逮捕维多·罗斯华特兼克里斯·乔格森了没？"

"什么？"

我相信她很茫然，不过她的茫然和我的相信都让我觉得意外。"乔格森就是罗斯华特，"我说，"你记得他。我想你以前应该认得才对。"

"你是说那个恐怖的家伙……"

"对。"

"我不相信。"她站起来，两手绞在一起说，"我不相信，我不相信。"她的脸害怕得发白，声音变调，像表演腹语术似的不真实，"我不相信。"

"那就大有帮助了。"我说。她没听我讲话，转过身去，走向窗子，背对着我站在窗前。

我说："外头有几个男人，看起来可能是警察，等着趁他在这里出入的时候逮他……"

她转过身来，急促地问："你确定他是罗斯华特？"她脸上的害怕已经消失大半，而且讲起话来也至少是人类的声音。

"警方很确定。"我们瞪着彼此，两人都忙于思考。我在想，她并不怕乔格森杀了朱丽亚·沃夫，甚或他可能会被逮捕，她怕的是乔格森跟她结婚的唯一原因，就是要对付维南特。

我笑了，不是因为这个念头很可笑，而是这个念头来得如此突然，她瞪着我，也不确定地笑了。"我不相信，"她说，现在声音非常柔和，"除非他自己告诉我。"

"等到他自己告诉你——又怎么样？"

她双肩抖了一下，下唇颤动说："他是我丈夫。"

听起来应该很可笑，但却使我很苦恼。我说："咪咪，我是尼克。你记得我的，尼——克。"

"我知道你对我从来没有好感，"她认真地说，"你认为我……"

"好吧，好吧。不提这些了。我们回来谈你发现维南特行凶的证据。"

"没错。"她说，转身走开几步。再度转头面向我时，她的下唇又开始颤动。"刚刚我是在撒谎，尼克。我什么都没发现。"她走近我继续说，"克莱德没有权利写那些信给爱丽思和麦考利，想让每个人怀疑我。我以为编一些不利于他的谎话，是他活该，因为我本来真的认为——我是说，我现在也这样想——他杀了她，而且那是唯一……"

"你编了些什么谎？"我问。

"我……我还没编出来。我想先知道警方会采取什么行动——你知道，就是刚刚我一开头问你的。我可能会谎称其他人去打电话报警而让我跟朱丽亚单独在一起时，她曾告诉我凶手是维南特。"

"刚刚你并不是说你听到了什么没告诉警方，而是说你发现了什么东西，藏了起来。"

"可是刚刚我还没决定要编什么……"

"你什么时候听说维南特写信给麦考利的事情？"

"今天下午，"她说，"有一个警察过来。"

"他有问你罗斯华特的事情吗？"

"他问我认不认得罗斯华特，或是否听说过这个人。我说不认得，当时我觉得自己说的是实话。"

"也许吧，"我说，"你刚刚说你发现某些不利于维南特的证据，现在我是头一回相信你说的是实话。"

她瞪大眼睛说："我不明白。"

"我也不明白，但情形可能是这样的。你可能发现了一些东西，决定藏起来，或许想乘机向维南特敲诈。然后当他写信叫大家提防你时，你决定放弃跟他要钱，把证物交给警方，既能报复他也可以保护自己。最后，当你知道乔格森就是罗斯华特时，你再度改变主意，决定隐瞒证据，这回不是为了钱，而是尽可能让乔格森不利，以惩罚他跟你结婚只是他对抗维南特游戏的一个骗局，而不是因为爱你。"

她平静地笑着问："你真以为我什么事情都做得出来，对不对？"

"那不重要，"我说，"对你来说，重要的是，你可能会在某个监狱度过余生。"

她尖叫起来，声音不大，却很恐怖，之前那种不知所措的恐惧又重新出现在她脸上。她紧紧地抓住我上衣的翻领，絮絮叨叨地说："别这么说，求求你。告诉我那不是你的想法。"她抖得好厉害，于是我伸出一只手臂环住她，免得她倒下去。

吉柏特咳了一声，我们才知道他进来了，他问："你不舒服吗，妈妈？"

她缓缓地放开抓住我领子的手，往后退了一步说："你母亲是个笨女人。"她还在发抖，可是向我微笑，故意用开玩笑的语气说："你好残忍，把我吓成那样。"

我说我很抱歉。吉柏特把他的外套和帽子放在一张椅子上，充满兴趣却又不失礼貌地轮流看着我们两人。很明显，我们两个都无意告诉他什么，于是他再度咳了一声，说："真高兴见到你。"然后过来跟我握手。我说我也很高兴见到他。

咪咪说："你的眼睛看起来好疲倦，我敢说你又不戴眼镜看了一下午的书吧。"她摇摇头告诉我："他就跟他父亲一样不理性。"

"有父亲的任何消息吗？"他问。

"从他自杀的那个假情报之后就没有了，"我说，"想必你已经听说那是个假消息了。"

"是听说了。"他犹豫着，"你走之前我想跟你谈几分钟。"

"没问题。"

"你现在就可以谈了啊，亲爱的，"咪咪说。"你们之间是不是有什么我不该知道的秘密？"她已经不抖了，声调非常轻快。

"你会嫌无聊的。"他拿起帽子和大衣，向我点点头，然后离开客厅。

咪咪再度摇摇头说："我一点都不了解这个小孩。不晓得他对刚刚那一幕会怎么想。"她似乎并不很担心。然后比较严肃地说："你怎么会那样说，尼克？"

"是关于你最后的下场吗？"

"不，算了。"她颤抖着，"我不想听。你能不能留下来吃晚餐？可能只有我一个人。"

"抱歉，没办法。关于你发现的那个证据是怎么回事？"

"我没有发现任何东西。刚刚是撒谎。"她诚挚地皱起眉头，"不要这样看我，那真的是撒谎。"

"所以你叫我来，只是为了要跟我撒谎？"我问，"那后来你为什么又改变主意了呢？"

她低声笑了："你一定很喜欢我，尼克，不然不会这么爱跟我唱反调。"

我没法顺着这个推论讲下去，便说："好吧，我去看看吉柏特要干吗，然后就走了。"

"我希望你留下来。"

"抱歉，没办法。"我又说了一次，"他在哪儿？"

"在二楼的——他们真的会逮捕克里斯吗？"

"看情形，"我告诉她，"要看他给警方什么样的答案。他得坦白一切才能脱身。"

"噢，他……"她停了下来，目光锐利地瞪着我问，"你不是在唬我吧？他真的就是那个罗斯华特吗？"

"警方很确定。"

"可是下午来的那个警察没问过半个有关克里斯的问题，"她反驳道，"他只问过我认不认识……"

"当时他们还不确定，"我解释，"还只是怀疑而已。"

"可是现在他们确定了？"我点点头。

"他们是怎么查出来的？"

"从一个他认识的女孩那儿查到的。"我说。

"谁？"她的眼睛稍稍黯了下来，但声音依然保持镇定。

"我不记得名字了。"然后我转而告诉她实话，"就是替他提供谋杀那天下午不在场证明的女孩。"

"不在场证明？"她愤慨地问，"你的意思是，警方相信那种女人的话？"

"哪种？"

"你明白我的意思。"

"我不明白。你认得那个女孩吗？"

"不认得。"她说，一副好像我侮辱了她的口吻。她眯起眼睛，把声音压低到近乎耳语："尼克，你想是他杀了朱丽亚吗？”

“他为什么要这么做？”

“假设他娶我是为了要报复维南特，”她说，“而且——你知道他努力劝我回美国，是想从克莱德那边榨点钱。或许是我建议的——我也忘了——可是他的确努力劝过我。然后假设他碰巧遇见朱丽亚，当然，她认得他，因为他们以前曾一起替克莱德工作。他知道我那天下午打算去找她，害怕如果我激怒她，她可能会把他真实的身份告诉我，于是——会不会是这样呢？”

“一点儿也不合理。此外，那天下午你们是一起离开这儿的，他不会有时间去……”

“可是我搭的那辆计程车开得好慢，”她说，“然后我可能在哪儿停了一会儿——应该没错。我曾停在一家药房买阿斯匹林。”她起劲地点点头，“我记得是这样。”

“那他必须先知道你中途会停下来，因为你曾告诉过他，”我示意道，“你不能这样推下去，咪咪。谋杀是很严重的。不能因为人家曾耍过你就去陷害人家。”

“耍？”她瞪着我问，“为什么，那个……”她用一堆肮脏下流还有其他侮辱的字眼儿称呼乔格森，声音越讲越高亢，最后几乎是对着我的脸大吼。

她停下来喘气时，我说：“的确骂了个过瘾，不过——”

“他甚至还有胆暗示人可能是我杀的，”她告诉我，“他没胆问我，可是不断往那个方向扯，直到最后我肯定的告诉他——呃，不是我干的。”

"你一开始不是要这么说的。你肯定地告诉他什么？"

她一跺脚说："不要刁难我嘛！"

"好，你去死吧，"我说，"又不是我自己要来的。"我动手拿帽子和外套。

她追过来，抓住我的手臂说："拜托，尼克，对不起。我就是这个臭脾气，我不知道我怎么……"

吉柏特走进客厅说："我陪你走一段路。"

咪咪皱眉瞪着他："你在偷听。"

"你叫得那么大声，我有什么办法？"他问，"给我一些钱好吗？"

"我们还没谈完呢！"她说。

我看看手表说"我得走了，咪咪。我已经迟到了。"

"你赴约完可不可以再过来？"

"如果不太晚的话，就过来。别等我。"

"我会一直等着，"她说，"多晚都没关系。"我说我试试看。她拿钱给吉柏特，我们两个一起下楼。

Chapter 19

　　"我刚刚在偷听，"走出公寓后，吉柏特告诉我，"我想如果你对研究人性有兴趣的话，一旦有机会却不偷听，那就太蠢了，因为他们在你背后的样子绝对跟在你面前不一样。人们知道你偷听都会不高兴，但是，"——他笑了——"我想鸟类和动物也不会喜欢做标本的人偷窥他们。"

　　"听到很多吗？"我问。

　　"嗯，足够让我了解我没有遗漏任何重要的部分。"

　　"那你有什么感想呢？"

　　他抿紧嘴唇，前额皱起来，慎重地说："很难明确地说。有时候妈妈很擅长隐瞒事情，不过她一向不擅长说谎。真滑稽——我想你也注意到了——最常说谎的人其实大半都很不会说谎，而且他们比绝大多数人更容易受骗。你会以为他们比较容易看穿别人的谎言，可是他们在这方面却相反，愿意相信任何事情。我想你也注意到这点了，对不对？"

　　"对。"

　　他说："我想告诉你的是，克里斯昨天晚上没回家。这也是为什么妈妈比平常更生气。今天早上我收到一封寄给他的信，以为里面会有什么情报，于是就用蒸汽熏开封口。"他从口袋拿出一封信递给我说："你最好先看一下，然后我可以封起来，混在明天的信件当中，以防他万一回来。不过我想他不会回来了。"

"你为什么这么想？"我接过那封信时问他。

"这个嘛，他真的是罗斯华特……"

"你跟他提过吗？"

"还没有机会。自从你告诉我之后，我就没见过他。"

我看着手上那封信，信封上的邮戳是一九三二年十二月二十七日，麻州波士顿，上面用一种瘦小幼稚的女性笔迹写着纽约州纽约市寇特兰大厦克里斯·乔格森先生收。"你怎么会刚好想要偷看这封信？"我问，把信纸从信封里抽出来。

"我不相信直觉，"他说，"不过可能是某些气味、声音，也或许是那个笔迹所引发的什么，我无法解释，甚或很难意识到，有时候就会影响到你。我不知道那是什么，只觉得里头可能有什么重要的东西。"

"你常对家里的信件有这类感觉吗？"

他迅速地瞥了我一眼，似乎想知道我是不是在开玩笑，然后说："不常，不过之前我也拆过他们的信。我告诉过你，我对研究人性有兴趣。"

我读着那封信：

亲爱的维多：

欧嘉写信跟我说你已经回美国娶了另一个女人，而且现在改名叫克里斯·乔格森。你明知这是不对的，维多，而且你也很清楚，你离开多年来没有任何只言片语，也没有给我钱。我知道因为你跟维南特先生的纠纷，你非得离开不可，但我相信他早就忘了那些事情，而且我也觉得你应该写信给我，你很清楚，我永远是你的朋友，任何时候我都愿意尽力替你做任何事的。维多，我不想责骂你，可是我必须见你。星期天和星期一的假期我不必去店里上班，星期六晚上我会去纽约，我必须跟你谈谈。写信告诉我碰面的地点和时间，因为我不想给你增加任何麻烦。务必马上回信给我，好让我来得及赴约。

你真正的妻子乔琪雅

信上有签名。我说可真不得了，然后把信放回去说："你都忍着没告诉你母亲？"

"嗯，我知道她会有什么反应。你刚刚也看见了，你才跟她说那些话，她已经激动成什么样子。你想我该怎么办？"

"你应该让我告诉警方。"

他立刻点头说："如果你认为这样最好的话。另外如果你想的话，可以把信拿给他们看。"

我说谢了，然后把信放进口袋。

他说："还有另外一件事，我有一些实验用的吗啡，被偷走了，大概有二十颗。"

"实验什么？"

"吃下去。我想研究效果。"

"你喜欢吗？"我问。

"嗯，我不指望自己会喜欢。我只是想知道吃下去会是什么感觉。我不喜欢降低心智能力的东西。这也是为什么我很少喝酒，或抽烟。不过我想试试古柯碱，因为那会使头脑更敏锐，对不对？"

"应该是。你猜是谁偷走的？"

"我怀疑是桃乐希，因为我对她有个理论。这也是为什么我要去爱丽思姑妈家吃晚餐。桃乐希还待在那儿，我想查清楚。我有办法让她告诉我任何事情。"

"可是，如果她一直在那里，又怎么能……"

"昨天晚上她回家待了一会儿，"他说，"此外，我不确定是什么时候被偷的。今大我才打开装吗啡的盒子，之前我已经三四天没打开过了。"

"她知道你有那些吗啡吗？"

"知道。这也是我怀疑她的理由之一。我不认为是其他人偷的，我也让她做实验。"

"她喜欢吗？"

"嗯，她只是觉得还可以，不过她还是吃了。不过我想问你的是，这么短的时间内，她有可能会上瘾吗？"

"多久时间？"

"一个星期——不——十天。"

"不太可能，除非她自以为上瘾。你给了她很多吗？"

"没有。"

"如果你找到了，通知我一声。"我说，"我得叫部计程车了，再见。"

"你晚上晚一点会过来，不是吗？"

"来得及我就过来，说不定到时候会碰到你。"

"嗯，"他说，"非常谢谢你。"

分手后碰到的第一个药房，我停下来打电话给纪尔德，并不指望他人在办公室，但希望能获知他家里的电话。不过他还在。"加班啊。"我说。

他说："怎么了。"听起来很高兴似的。

我把乔琪雅的信念给他听，又把地址告诉他。

"干得好。"他说。

我告诉他乔格森昨天起就没回家过。"你想我们会在波士顿找到他吗？"他问。

"不是在那儿，"我猜测道，"就是尽可能往南方走，想办法逃过此劫。"

"两个方向我都会试，"他说，还是很高兴的口气，"现在我有点新闻要告诉你。我们的朋友努汉在摆脱掉我们大约一个小时之后，被点三二口径的子弹给打了好几枪，死透了。子弹看起来像是干掉沃夫小姐的同一把手枪射出的。专家正在比对。我猜想他一定很后悔没有留下来跟我们谈谈。"

Chapter 20

我回家时，诺拉正一手吃着一块冷鸭肉，另一只手腾出来玩拼图。

"我还以为你去跟她住了，"她说，"你当过侦探，替我找块棕色的，形状像蛇一样，有个长脖子。"

"是鸭肉还是拼图？我们今晚别去艾吉的店了，他们好乏味。"

"好啊，不过他们会生气的。"

"没那么好运，"我抱怨道，"他们会被昆恩夫妇惹得生气，然后……"

"哈里森打过电话给你。他叫我告诉你，现在去买麦金泰豪猪的股票——我想应该没记错名字吧——正是时候。他说现在股票接近二十点二五元。"她伸出手指指她的拼图，"我正在找补这块的。"我替她找到那块，然后几乎一字不漏地向她转述咪咪的一言一行。

"我才不相信，"她说，"你胡诌出来的。才不会有人那样，他们怎么回事？新的怪物种族第一代吗？"

"我只负责把发生的事情告诉你，不负责解释。"

"那你会怎么解释？这一家的怪物好像不光是一个而已——现在咪咪又反过来对付她亲爱的克里斯——他是唯一可能对其他人有点善意的人，不过他们这一家子还是非常像。"

"或许这就解释了一切。"我示意。

"我想见见爱丽思姑妈，"她说，"你打算把那封信交给警方吗？"

"我已经打电话给纪尔德了。"我回答，然后告诉她努汉的事情。

"这表示什么？"她问。

"至少证明一件事，如果乔格森如我所想不在城里，而子弹是出自射杀朱丽亚·沃夫的同一把枪——这是有可能的，那么警方若想把罪名往他身上扣，就得找出他的共犯。"

"你以前大概是个差劲的侦探，否则应该会把事情向我解释得更明白才对。"她又开始拼图，头也不抬地问："你要回去看咪咪吗？"

"我很怀疑。让那个活宝休息一下，我们吃点晚餐如何？"

电话警铃响了起来，我说我去接。是桃乐希·维南特打来的："喂，尼克吗？"

"没错，你好吗，桃乐希？"

"吉柏特刚刚来这里，问我那件你已经知道的事情，我想告诉你东西是我拿的，可是我只不过是为了不让他成为毒鬼而已。"

"你打算怎么处理那个东西？"我问。

"他拿回去了，他不相信我的说法，可是我拿那个东西的唯一理由真的只是这样。"

"我相信你。"

"那你会告诉吉柏特吗？如果你相信我，他也会相信，因为他觉得这种事情你都懂。"

"我下次见到他会跟他说的。"我答应。她暂停了一下，然后问："诺拉好吗？"

"我看还好。你要跟她讲话吗？"

"嗯，好，可是有件事我想问你。今天你去我家，妈妈有没有——有没有说我什么？"

"我不记得有。怎么？"

"那吉柏特有没有说我什么？"

"只讲了吗啡的事情。"

"你确定吗？"

"非常确定，"我说，"怎么了？"

"没事，真的。如果你确定的话就没事。只是我自己笨而已。"

"好，我去叫诺拉。"我走进客厅说，"桃乐希想跟你讲讲话，别邀她过来吃晚饭。"诺拉讲完电话回来，眼睛中有一丝异样。"现在又怎么了？"我问。

"没事。只是问好之类的。"我说："如果你跟老头子撒谎，上帝会惩罚你的。"

我们到五十八街的一个日本餐厅吃晚饭，然后我还是让诺拉说服去了艾吉的店。贺西·艾吉是个五十来岁的瘦高个儿，一张皱皱的黄脸，脑袋全秃了。他自称是个"职业和嗜好上的食尺鬼"——如果这算笑话的话，那也是他唯一的笑话——意思是他是个考古学家，他对于自己的收藏非常自豪。他其实还不坏，一旦你接受你只是偶尔来替他收藏的军械分类——石斧、铜斧、青铜斧、双锋斧、多刻面斧、多边斧、扇形斧、锤形斧、手斧、美索不达米亚斧、匈牙利斧、北欧斧，每一把斧头看起来都老朽不堪。我们不喜欢的是他太太，她名叫蕾达，但他喊她"小不点"。她个子很小，而她的头发、眼睛、皮肤，虽然很自然的深浅色调不同，却全都带着一种泥褐的颜色。她很少坐下——总是倚物而立——喜欢把头略略侧着昂起来。诺拉有个理论说，艾吉曾挖开一个古墓，小不点就从里面跳出来，而玛歌·伊内斯总是煞有介事地把她说成一个小矮精。小不点有回告诉我，她认为所有二十年前的文学作品都不能流传下来，因为里面没有精神病学。这对夫妻住在格林威治村边缘一栋舒适的三层楼房里，他们卖的酒非常棒。

我们到的时候，店里有十来个人。小不点向我们介绍几个没见过的人，然后把我拖到角落。"你怎么没告诉我圣诞节在你那儿碰到的人跟谋杀案有关？"她问，把头往左倾，耳朵都贴在肩膀上了。

"我不知道他们跟谋杀案有关。何况现在这种时代，谋杀案算什么？"

她的脑袋改向右倾说："你甚至没告诉我你接了那个案子。"

"我接了什么？噢，我知道你在说什么了。我当时没接，现在也没接。我中了弹，应该就可以证明我是个无辜的旁观者。"

"伤得很重吗?"

"小伤而已,今天下午我忘了该换绷带。"

"诺拉可不吓坏了吗?"

"我也吓坏了,开枪的那个家伙也吓坏了。贺西来了,我还没跟他打招呼。"

我离开她身边时,她说:"哈里森答应今天晚上要带那个女儿来。"

我跟艾吉聊了几分钟——大半是在聊他买下的那块地——然后我弄了杯酒,听赖瑞·克罗利和菲尔·泰姆兹扯一堆低级故事,直到有几位女士进来问菲尔——他在哥伦比亚大学教书——一个最近很热门的技术统治的问题。赖瑞和我走向诺拉坐的地方。"看看你自己,"她告诉我,"那个小矮精拼命想从你那里打听朱丽亚·沃夫谋杀案的内幕。"

"让她去跟桃乐希打听吧,"我说,"她等会儿跟昆恩一起来。"

"我知道。"

赖瑞说:"他迷上那个妞儿了,不是吗?他跟我说,他打算跟艾莉丝离婚娶这个妞儿。"

诺拉说:"可怜的艾莉丝。"言语中充满同情。她不喜欢艾莉丝。

赖瑞说:"那要看你从哪个角度看。"他喜欢过艾莉丝。"我昨天看到娶了那个妞儿的母亲的那个家伙了。你知道,就是在你家见过的那个高个子。"

"乔格森？"

"没错。当时他从靠四十六街的第六大道上一家当铺走出来。"

"你跟他打了招呼吗？"

"我当时坐在计程车里面。总之，假装没看到人家打当铺出来大概会比较礼貌点。"

小不点朝着四面八方："嘘——"李维·欧斯坎特开始弹奏钢琴。昆恩和桃乐希在琴音中来到。昆恩醉了，而桃乐希则一脸红通通的。

她走过来向我耳语："等等我想跟你和诺拉一起离开。"

我说："吃早餐之前我们会走的。"

小不点说："嘘——"朝着我这个方向。我们就听了一阵子音乐。

桃乐希在我旁边坐立不安了一会儿，又跟我咬耳朵："吉柏特说你晚点会去看妈妈，是真的吗？"

"我很怀疑。"

昆恩摇摇晃晃的走过来说："你好吗，小子？你好吗，诺拉？替我把话带到了吧？"（小不点又对着他嘘，他理都没理。其他人似乎松了口气，也开始交谈起来。）"小子，你的银行是在旧金山的金门信托，对吧？"

"存了点钱。"

"提出来，小子。我今天晚上听说他们快倒了。"

"好吧。不过那儿也没多少钱。"

"没多少钱，那你的钱都花哪儿去了？"

"拿去买法国金条了。"

他一本正经地摇摇头："就是你这种人搞得我们国家没希望。"

"也就是我这种人不会自己跟着国家没希望，"我说，"你去哪儿喝得这么醉？"

"都是艾莉丝。她闹脾气闹了一星期，我要不喝酒真会疯掉。"

"她闹些什么？"

"气我喝酒，她认为……"他往前倾，偷偷压低声音，"你们都是我的朋友，我才告诉你们我的打算。我要离婚，然后娶……"

他的手臂想环住桃乐希，她推开了，说："你这笨瓜，讨厌。拜托你给我清醒一点。"

"她觉得我又笨又讨厌，"他告诉我，"你知道为什么她不想嫁给我吗？我敢说你们不知道。因为她……"

"闭嘴！闭嘴！你这醉酒的笨瓜！"桃乐希开始用双手打他的脸。她红着脸，尖叫着说，"你敢再说我就杀了你！"

我把桃乐希拉开，赖瑞抓住昆恩，扶住他免得他摔到地上去。他呜咽着说："她打我，尼克。"泪水滑下他的脸颊。桃乐希的脸抵住我的外套，好像在哭。

整个店里的人都在看我们。小不点跑过来，脸上露出好奇。"怎么回事，尼克？"

我说："只是喝醉酒闹着玩儿。没事。我会送他们平安回家的。"

小不点不同意，她希望他们至少待到让她有机会查明发生了什么事。她逼着桃乐希躺一下，又说要找个东西来给昆恩——不知她指的是什么，不过无所为谓，因为他连站起来都有问题。

诺拉和我扶着他们出去。赖瑞想跟着，但我们觉得不需要。计程车开到昆恩家时，他缩在角落里睡着了，桃乐希僵直地静静坐在另一角，诺拉则夹在他们中间。我下了车，心想至少我们没在艾吉的店里待太久。诺拉和桃乐希留在车上，我扶昆恩上楼，他的脚步非常不稳。

我按铃后，艾莉丝开了门。她穿着绿色的长袖宽松睡衣裤，一手抓着梳子。她疲倦地看着昆恩，疲倦地开了口："把他弄进来吧。"

我扶他进门，摆平在床上，他嘴巴喃喃地说了些什么，我没法听清楚，他伸出一只手前后微弱地摇动，眼睛睁得奇大。"我来替他收拾睡觉。"我说，解松他的领带。

艾莉丝靠在床尾说："那就偏劳你了，我不替他弄了。"我脱掉他的外套、背心和衬衫。

"他这次醉倒在哪儿？"她不怎么感兴趣地问。人还是站在床尾，边讲话边梳头。

"在艾吉的店。"我解开他裤子的钮扣。

"跟那个维南特小妞一道？"她随意地问。

"那儿有很多人。"

"是啊，"她说，"他不会挑偏僻的地方。"她又梳了两三下头发，"你不想告诉我什么对吧？"

她的丈夫微微动了一下，喃喃地说："桃乐希。"我脱掉他的鞋子。

艾莉丝吸了口气说："我还记得他以前身上的肌肉。"她看着丈夫，直到我脱掉他最后一件衣服，让他滚进被子里。然后她又叹了口气说："我替你倒杯酒。"

"我不能待太久，诺拉还在计程车上等着呢。"

她张开嘴好像想讲什么，又闭上，然后再度开口说："行。"我跟着她到厨房。

她很快就说："这不关我的事，尼克，可是大家会怎么想我？"

"你就像其他人一样：有些人喜欢你，有些人不喜欢，还有一些人则什么感觉都没有。"

她皱起眉头说："我不完全是这个意思。我跟哈里森是夫妻，却让他到处乱追风骚虚荣的女人，不知道大家会怎么想。"

"我不知道，艾莉丝。"

"你怎么想呢？"

"我想你也许知道自己在做什么，而不论你做什么，那都是你自己的事情。"

她不满意地看着我。"你讲话从来不惹麻烦，对吧？"她苦涩地一笑，"你知道我跟他在一起只是为了他的钱，对不对？那些钱对你来说也许不多，但对我来说很多——以我的出身来说。"

"离婚后都有缮养费，你应该已经……"

"喝光你的酒快滚吧。"她疲倦地说。

Chapter 21

上了计程车，诺拉让我坐在她和桃乐希中间。"我想喝咖啡，"她说，"去罗本餐厅如何？"

我说好吧，然后告诉司机地址。

桃乐希怯怯地说："他太太说了什么吗？"

"她向你致上她的爱。"

诺拉说："别胡闹了。"

桃乐希说："我并不是真的喜欢他，尼克。我不会再跟他见面了——真的。"她现在似乎很清醒地说："我只是——噢，只是寂寞，而他是个可以作伴的人。"我开口想讲话，可是诺拉手肘顶了我一下，我就又闭嘴了。

诺拉说："别担心。哈里森一向就是个笨蛋。"

"我不想煽风点火，"我说，"可是我真的觉得他爱上你了。"诺拉又用手肘顶我一下。

昏暗的光线中，桃乐希盯着我的脸问："你——你不会是——你不会是在开我玩笑吧，尼克？"

"我应该开你玩笑的。"

"我听说了一个有关小不点的故事，"诺拉一副不经意的样子，好像并非故意打断我们，然后跟桃乐希解释，"就是艾吉太太，李维说……"如果你认得小不点，那个故事听来的确很好笑。诺拉又继续谈小不点，直到我们到了罗本餐厅下计程车。

贺柏·麦考利也在餐厅里，跟一名深色头发、身材丰满的红衣女郎同桌。我向他挥挥手，点过菜之后，我过去找他。"这是尼克·查尔斯，这是露易丝·麦可布，"他说，"坐，有什么新闻吗？"

"乔格森是罗斯华特，"我告诉他。

"我的天那！"

我点点头："而且他好像有个太太在波士顿。"

"我想见见他，"他缓缓地说，"我认识罗斯华特。我想确定一下。"

"警方好像已经很确定了。不知道他们找到他了没。你觉得朱丽亚是他杀的吗？"

麦考利重重地摇头："我无法想象罗斯华特杀任何人——那不像我所识的他——即使他曾经百般威胁过。你应该还记得当时我一直没把他的威胁太当回事。另外还有什么新闻？"看到我的犹豫，他说："露易丝没问题，你可以说。"

"倒不是这个，我那桌还有朋友，而且我得回去吃东西。我来是要问你，今天早上登在《纽约时报》上的广告有没有回音。"

"还没有。坐吧，尼克，我有一大堆事想问你。你告诉过警方维南特那封信，他们……"

"明天过来吃午饭，我们再好好讨论。我得回我那桌了。"

"那个金发小姐是谁？"露易丝·麦可布问，"我看过她和哈里森·昆恩在一起。"

"桃乐希·维南特。"

"你认识昆恩？"麦考利问我。

"十分钟之前我才把他送上床。"

麦考利笑了："希望你跟他保持这样的交情就好——纯社交。"

"什么意思？"

麦考利的笑转为懊悔的苦笑："他以前是我的股票经纪人，他的建议让我差点进了救济院。"

"好极了，"我说，"他现在是我的股票经纪人，我会听从他的建议。"麦考利和那位女郎笑了起来。我也假笑了一下，然后回我那桌。

桃乐希说："还没到午夜，而且妈妈说过她会等你。我们何不一起去找她？"

诺拉小心翼翼地朝她的杯子倒咖啡。"去干吗？"我问，"你们两个搞什么鬼？"眼前的两张脸无比无辜。

"没什么，尼克，"桃乐希说，"我们只是觉得这样不错，现在还早，而且——"

"而且我们都爱咪咪。"

"不——而是——"

"现在回家太早了。"诺拉说。

"哈林区有很多卖私酒的地下酒吧，"我建议，"还有夜总会。"

诺拉扮了个鬼脸说:"又是老套。"

"要不要去巴瑞店里玩玩纸牌碰运气?"桃乐希开口正想说好,可是诺拉跟她又使了个眼色,她就闭上嘴巴了。

"我对于要再度去见咪咪的想法就是,"我说,"我今天已经见够她了。"

诺拉一副耐性十足的模样吸了口气:"好吧,如果到头来还是要去那些平常去的酒吧,我倒宁可去你的朋友史杜西那,只要你别再让他给我们那些可怕的香槟。他还蛮可爱的。"

"我尽力就是了,"我答应了她,然后问桃乐希,"吉柏特有没有告诉你,他撞见咪咪和我已经言归于好的样子?"

她想跟诺拉交换眼色,可是诺拉正盯着她盘子里的一块起司热薄饼。"他——他的说法不完全是这样。"

"他告诉你那封信的事情了吗?"

"克里斯的太太寄的那封信?讲了。"她的蓝眼珠亮晶晶。"妈妈可不气疯了!"

"不过你好像很高兴。"

"你这么以为?这算什么?她做过什么让我——"诺拉说:"尼克,别再欺负这孩子了。"我遵命照办。

Chapter 22

匹吉龙俱乐部的生意不错。里头充满了人群、声音，还有烟雾。史杜西从收音机后面走出来跟我们打招呼："我正盼着你们呢。"他跟我和诺拉握了手，然后朝桃乐希露出一个大大的笑容。

"有什么特别的事情吗？"我问。

他鞠了一躬，说："有这样的女士们在场，每件事情都特别。"我向他介绍桃乐希。

他对着桃乐希一鞠躬，说什么尼克的朋友不能怠慢之类的，然后叫住一个侍者："彼得，给查尔斯先生安排一张桌子。"

"这里天天都这么多人吗？"我问。

"这儿很吸引人呢，"他说，"只要来过一次，以后就会再来。也许我这儿没有黑色大理石的痰盂，可是你在这里吃喝的东西不必吐出来。要不要去吧台坐一下，等他们收桌子？"我说好，然后点了饮料。

"你听说努汉的事情了吧？"我问。

他盯着我好一会儿，才下定决心说："嗯，我听说了，他的妞儿就在这儿——"他转头朝房间的另一头点了点——"我猜是在庆祝。"

我朝着史杜西指的方向看，立刻看到大块头的红发蜜瑞安跟五六个男女围坐在一张桌子边。"你听说是谁干的吗？"我问。

"她说是警察——因为他知道太多事情了。"

"那真是笑话。"我说。

"那真是笑话，"他同意，"你的桌子好了，去坐吧，我马上回来。"

我们带着各自的杯子过去，那张桌子硬塞在两张本来占据较大空间的桌子之间，我们坐了下来，尽量让自己舒服点。

诺拉啜了口她的饮料，打了个寒战，说："你想这会不会是字谜里面用过的那个怪字'苦味野豌豆'？"

桃乐希说："噢，你们看。"

我们抬头看到薛普·莫若力朝我们走来。吸引桃乐希注意的是那张脸，凹凹凸凸的，而且五颜六色，从一双眼睛周围的深紫到下巴药膏上头的浅粉红。他来到我们桌前，往前略略下倾，两只拳头放在桌上。"听着，"他说，"史杜西说我应该来道歉。"

诺拉咕哝着："史杜西老姑妈。"我一边说："所以呢？"

莫若力摇摇他那颗被揍得鼻青脸肿的脑袋说："我不为自己做过的事情道歉——你们要么就接受，不然就拉倒——不过我倒是可以告诉你，我很抱歉失去控制射伤你，希望不会带给你太多困扰，如果能做什么来弥补，我——"

"算了。坐下来喝一杯吧。这是莫若力先生，这是维南特小姐。"桃乐希一听瞪大眼睛，显得充满兴趣。

莫若力找了张椅子坐下来。"希望你也别生我的气。"他告诉诺拉。

她说："那件事很好玩。"他不解地看着她。

"被保释出来了？"我问。

"嗯，今天下午。"他小心翼翼地摸了摸脸，接着说："脸上的这些新伤就这么来的。他们放我之前，又好好给我添了些拒捕的证据。"

诺拉愤慨地说："太可怕了，你是说他们真的……"我拍拍她的手。

莫若力说："也不意外啦。"他肿胀的下唇动了动，表示嘲笑，"还好，他们还得两三个人联手才能揍我呢！"

诺拉转头问："你做过这种事情吗？"

"谁？我？"

史杜西拿着一张椅子过来找我们："他们给他做了脸部整容，对吧？"他说，朝着莫若力点点头。我们腾出位子来让他坐下。他满足地对诺拉和她的饮料笑了："我想你们在那些时髦的公园大道酒吧里面，喝不到这么好的东西——而且这里一杯只收四块钱。"诺拉笑得有点虚弱，不过好歹也算是个笑。她桌下的脚碰了碰我的脚。

我问莫若力："你是在克利夫兰认识朱丽亚的吗？"

他往身旁看看史杜西，史杜西正往后靠在椅子上，留心着带来财源的一屋子客人。

"当时她叫萝达·史都华。"我又补充。

他看着桃乐希。我说:"你讲话不必提防,他是克莱德·维南特的女儿。"

史杜西停止打量其他客人,对着桃乐希高兴地微笑着说:"原来你是他女儿?你老爹爹可好啊?"

"我长大后就没见过他了。"她说。

莫若力拿出一根香烟舔湿一端,塞在肿胀的双唇间说:"我是克利夫兰来的。"他擦着了一根火柴,眼神木然——他努力让眼睛不流露感情。"她以前不叫萝达·史都华,叫南西·肯恩。"他又再度看着桃乐希,"你父亲知道这件事。"

"你认识我父亲吗?"

"他跟我说过几句话。"

"讲些什么?"我问。

"关于她的。"他手上的火柴快烧到手指头了,他熄掉,又擦着一根,点燃香烟。他对着我抬起双眉、皱起额头说:"这样好吗?"

"当然,在场的人你都可以放心讲话。"

"好。他嫉妒得要命。我想扁他一顿,可是她不答应。没办法,他是她的金库。"

"这是多久以前的事情?"

"六个月、八个月。"

"她被干掉之后,你有没有见过他?"

他摇摇头:"我只见过他一两次,刚刚我说要扁他那回,是最后一次见到他。"

"她在骗他的钱？"

"她没说，但是我觉得是这样。"

"为什么？"

"她很聪明——聪明得不得了。她很会弄钱的。有一回我需要五千元。"他手指一弹，"她就替我弄到了现金。"

我决定不问他有没有还她钱，"或许是他给她的。"

"当然——或许吧。"

"这些话你告诉警方了吗？"我问。

他笑了一下，很短暂，说："他们以为揍我两下就可以让我告诉他们。现在去问问他们的感想吧。你人不错，我不会——"他停了下来，把香烟从唇间拿下来。"这小子在偷听。"他说着伸出一只手去碰一个男人的耳朵，那个人坐在原来被我们挤开的其中一张桌子边，凑得离我们愈来愈近。他跳起来，那张吓得苍白的皱脸从肩膀后转过来对着莫若力。

莫若力说："把你的耳朵收回去——都快碰到我们的酒了。"

那男人结结巴巴地说："我不——不是故意的，薛普。"然后努力把他的大肚子往他那桌挤，设法尽量离我们远一点，不过那个距离还是听得到。

莫若力说："你当然不是故意的，可是你照样顺便偷听，"然后又把注意力拉回我身上，接着说："我很乐意从头告诉你——那个小子死了，再也伤不了她一根头发——可是警方设法把罪名往我头上栽。"

"好极了，"我说，"告诉我关于她的事情，你是怎么遇见她的、她跟着维南特之前是做什么的、他从哪儿找来她的。"

"我应该先喝一杯。"他扭着身子喊道，"嘿，先生，背上背了个小孩的那个！"

那个之前史杜西喊他彼得的驼背侍者推开人群到我们桌边，充满感情地对着莫若力一笑："要什么？"他大声地呲着牙齿。我们把要点的饮料告诉他，他听罢离去。

莫若力说："以前我和南西住在同一个街区。她老头在街角开了家糖果店。她常替我弄香烟。"他笑了："有回我教她用铁丝把铜板从公用电话里掏出来，她老头就因此把我赶走。你知道，那老头死脑筋得很。耶稣啊，我们不到三年级就开始这么搞了。"他又笑了，压低声音说："我曾经打算从街角正在盖的那些房子里偷点装备来，藏在他地下室，然后去跟当地负责巡逻的警官舒兹告密，可是她都不准。"

诺拉说："你一定是个甜蜜的小情人。"

"可不是吗？"他深情地说，"有一回我才刚满五岁左右吧——"

一个女性的声音说："我就说是你嘛！"

我往上看，原来是红发女郎蜜瑞安在跟我说话。我说："你好。"

她两手放在臀部，阴郁地看着我，说："他就是知道了太多你们想追查的事情才送命的。"

"或许吧，可是他还没来得及告诉我们，就脚底抹油偷偷从火灾逃生口溜掉了。

"去你妈的蛋！"

"好吧。你觉得他知道了什么我们想追查的事情？"

“他知道维南特在哪里。”她说。

“那他在哪里？”

“我不知道，亚瑟知道。”

“真希望他告诉了我们。我们——”

“去你妈的蛋！”她又骂，“你知道，警方也知道。想骗谁呀？”

“我没骗你。我不知道维南特在哪里。”

“你替维南特工作，警方又跟你合作。别骗我。亚瑟以为知道这些事情可以大捞一票，可怜的蠢蛋。他不知道大祸就要临头了。”

“他告诉过你他知道？”我问。

“别以为我那么笨。他告诉过我，说他知道一些事情，可以让他赚大钱，我就猜到怎么回事了。至少我还知道二加二是多少。”

“有时候答案等于四，”我说，“有时候答案是二十二，我没在替维南特工作。可别再说‘去你妈的蛋’了。你想不想帮忙？”

“不想。他是个告密鬼，抓住人家的小辫子就用来敲诈。他是得到报应了，只不过我曾在你和纪尔德眼前离开他，可是接下来他就死了，别指望我会忘掉这件事。”

“我没指望你忘掉任何事。倒是很希望你记得——”

“我得去上厕所了。”她说，然后转身走了。仪态异常优雅。

“不知道该不该跟那位小姐扯混，”史杜西思说道，“她可是毒药。"莫若力朝我眨眨眼。

桃乐希碰碰我的手臂。

"我听不懂，尼克。"

我告诉她没关系，然后跟莫若力说："你刚刚告诉我们朱丽亚·沃夫的事情。"

"嗯。她十五六岁就被她老头踢出来，然后跟一个高中老师搞在一起，之后又跟一个叫费斯·派普勒的家伙在一起，很聪明，只是话太多了。我还记得有回我跟派普勒——"他停了下来，清清喉咙，接着说："总之，费斯和她就在一起——差不多有个五六年，后来他去服役，她就跟一个我不记得名字的家伙住在一起——是迪克·欧布莱恩的表亲，长得很瘦，暗色头发，很爱喝酒。可是费斯退伍之后，她就回到费斯身边，两个人又在一起，直到他们因为想恐吓一个从多伦多来的家伙而被捕。费斯顶了罪，只让她坐了六个月的牢——费斯的刑就重多了。我上回听说他还在坐牢。我之前听说过她的消息，她写信告诉我她现在改名叫朱丽亚·沃夫。她很喜欢大都市，不过我知道她一直跟费斯保持联络，所以我一九二八年搬来纽约时，就试着找她，她是——"

蜜瑞安回来了，像之前一样两手扶臀站着说："我想过你说的话。你一定以为我很笨。"

"没有。"我不太真诚地说。

"至少我还没笨到随着你的音乐起舞。事情明摆在我眼前的时候，我还是看得清的。"

"好吧！"

　　"一点儿也不好。你杀了亚瑟和……"

　　"小妞，别这么大声。"史杜西站起来握着她的手臂，一副奉承的口气："来，我跟你谈谈。"他领着蜜瑞安走向吧台。

　　莫若力又向我眨眼说："他就喜欢这套。好，刚刚说到我搬到这儿之后就开始找她，结果她告诉我，她现在替维南特工作，维南特为她痴迷，她日子过得好得很。她好像是在俄亥俄州坐那六个月牢的时候学会速记的，当时觉得多个技术也许会多一些机会——你知道，也许她可以在哪儿找个工作，逮到老板离开办公室时保险箱没上锁。有家职业介绍所派她去替维南特工作几天，她觉得或许他值得长期投资，而不是打几天零工就算了，所以就对他下工夫，两个人最后就分不开了。她够聪明，向他坦白自己有前科，现在努力改过自新什么的，免得他日后发现会搞砸一切，因为她说维南特的律师有点怀疑，很可能会去调查她的来历。我不知道她到底在做些什么，你知道，因为那是她的游戏，她不需要我帮忙，即使我们算是好朋友，但她也没理由让我知道一些我可能会去告诉她老板的事情。你要晓得，她不是我的女朋友或什么的——我们只是几个小时候一起玩过的老朋友而已。以前我常见到她——我们常一起来这儿——后来维南特抱怨得很凶，她就说她不会再来了，她可不想因为跟我喝几杯果汁汽水就失去一张柔软的床。所以就是这样了。我想那是十月的事情了，她说话算话，之后我就没再见过她了。"

　　"她还跟其他哪些人交往过？"我问。

　　莫若力摇摇头："不知道，她很少谈别人的事情。"

"她戴过一只钻石订婚戒指,你知道关于戒指的事情吗?"

"只知道那不是我给的。我没见她戴过。"

"你想派普勒出狱后,她会重新回到他身边吗?"

"或许吧。她好像并不担心他坐牢的事情,可是她喜欢跟他搭档,我想他们会再度合伙的。"

"那么那个迪克·欧布莱恩的表亲呢,那上暗色头发的酒鬼?他后来怎么样了?"

莫若力惊奇地看着我说:"问倒我了。"

史杜西独自回来。"也许我错了,"他边说边坐了下来,"不过我觉得只要能找对位置抓住那只笨鸡,就可以跟她做些事情。"

莫若力说:"抓喉咙嘛!"

史杜西好脾气地笑了:"不,她有明确的目标。她很认真在上歌唱课,而且——"

莫若力看看自己空掉的酒杯说:"你这个老虎牌牛奶一定可以让她歌喉美妙不少。"他转头去喊彼得:"嘿,背着背包的小子,再来一杯。明天我们要去教会唱诗班唱歌。"

彼得说:"马上来,薛普。"莫若力跟他说话时,他那张灰色的脸就不再那么呆滞了。

刚刚坐在蜜瑞安那桌的一个很胖的金发男子——发色接近白化症患者——走过来,用一种柔弱颤抖的细嗓子跟我说:"你就是害亚瑟·努汉送命的那两个家伙之一——"

莫若力朝那个胖子的肥肚子揍了一记,痛得那胖子直不起身子来。史杜西忽然站起来,弯腰横过莫若力,抡起大拳头给那胖子的脸一拳。驼背彼得赶过来，从背后把他手上的空托盘全力砸在那个胖子的头上。胖子往后倒下去，打翻一张桌子和坐那儿的三个人。两个酒保这时也赶过来。其中一个趁那胖子想起身时拿着大酒杯敲他，打得他蹲了下去，另一个酒保从背后抓住那胖子的衣领使劲一扭，勒住胖子的脖子。最后在莫若力的帮助下，他们把胖子扶了起来，推出门外。

彼得站在他们身后看着，咂咂牙齿。"那个该死的'麻雀'，"他跟我解释，"他喝酒时才能制得住他。"

史杜西站在被打翻的隔壁桌，忙帮客人收拾并捡东西。"真不好，"他说，"对生意很不好，但是界限在哪里呢？我不是经营黑帮小酒吧，可是我也不想弄成像女子学校似的。"

桃乐希吓得脸色发白，诺拉吃惊地瞪着大眼睛。"真是一片混乱，"她说，"他们在干吗呢？"

"我也搞不清楚。"我告诉她。

莫若力和那个酒保又进来了，看起来非常愉快。莫若力和史杜西又坐回我们这桌的老位子。"你们这些家伙可真够速度的。"我说。

史杜西重复道："速度，"然后笑了，"哈—哈—哈。"

"任何时候那小子一来挑衅，你就得先发制人。等他动手就太迟了。我们领教过他那个样子，对吧，史杜西？"

"什么样子？"我问，"他什么也没做啊！"

"他是没有，"莫若力慢吞吞地说，"可是那是一种你偶尔会在他身上感觉到的东西，没错吧，史杜西？"

史杜西说："嗯，他很歇斯底里的。"

Chapter 23

到了两点左右，我们向史杜西和莫若力道别，离开匹吉龙俱乐部。桃乐希懒懒地缩在计程车的角落里说："我快吐了，我知道我快吐了。"听起来不像是在说谎。

诺拉说："那个酒。"她的头靠在我肩膀上，"你老婆醉了，尼克。说真的，你得告诉我发生了什么事 ——仔仔细细地说。不是现在，明天再说。他们讲的话和做的事情我半件都不懂。他们真是不可思议。"

桃乐希说："说真的，我不能这副德行回爱丽思姑妈家，她会气死的。"

诺拉说："他们不应该那样打那胖子，虽然打得那么狠一定别有乐趣。"

桃乐希说："我想我最好回妈妈那儿。"

诺拉说："丹毒跟耳朵没关系。尼克，什么叫栓子？"

"就是耳朵。"

桃乐希说："爱丽思姑妈一定会看到，因为我忘了带钥匙，得叫醒她替我开门。"

诺拉说："我爱你，尼克，因为你闻起来好香，而且还认识这么多奇怪的人。"

桃乐希说:"载我去妈妈家放我下来,应该不会太绕路吧?"

我说:"不会。"然后把咪咪家的地址告诉司机。

诺拉说:"跟我们回家。"

桃乐希说:"不,最好不要。"

诺拉问:"为什么?"桃乐希说:"呃,我觉得我不应该去。"然后她们继续争辩,直到计程车停在寇特兰大厦前面。

我出了计程车,然后扶着桃乐希出来。她沉重地靠在我的臂膀上说:"麻烦陪我上去,一下就好。"

诺拉说:"只能待一下。"然后下车。

我请司机等我们。我们上了楼,桃乐希按门铃,吉柏特穿着睡衣和睡袍来应门。他抬起一双手做了个警告的手势,然后压低声音说:"那个警察在这里。"

咪咪的声音从客厅传来:"是谁啊,吉柏特?"

"查尔斯先生和太太,还有桃乐希。"

咪咪过来迎接我们进门:"见到你们真是再高兴不过了,我只是不知道该怎么表达。"她穿着粉红色缎子睡袍,里头是粉红色的丝质细肩带裙子式睡衣,她的脸也是粉红色的,一点也不快乐。她没理桃乐希,抓住诺拉和我各自的一只手说:"现在我不必担心,全交给你就成了,尼克。你得教我这个愚笨的小女人该怎么做。"

我身后的桃乐希暗暗地说:"去你妈的蛋!"声音很小,但是充满感情。

看来咪咪并没有听到她女儿的话。她还是抓住我们的手,往后把我们拉进客厅，一面不停唠叨着："你们认得纪尔德队长，他人非常好，可是我大概惹得他失去耐性了。我已经……已经不知道该怎么办了。可是现在你们来了——"我们来到客厅。

纪尔德向我说，"你好，"向诺拉说，"晚安，夫人。"跟着他的是名叫安迪的警察，莫若力去我那儿当天，他曾帮着纪尔德搜查我们的房间，他对我们点点头，嘴巴咕噜了两声。

"怎么了？"我问。

纪尔德斜睨了咪咪一眼，然后又瞥瞥我，这才说："波士顿警方发现乔格森或罗斯华特或随便你们叫他什么的那个人在他第一任太太家，替我们问了一些问题。主要的答案似乎是，不管朱丽亚·沃夫有没有被杀害，都与他无关，而且说乔格森太太可以证明。因为她握有不少维南特的把柄。"他的眼珠子又斜斜地瞄向咪咪说："这位女士呢，不肯说是，也不肯说不是。老实告诉你，查尔斯先生，我用尽办法都能让她说实话。"

"我可以了解，"我说，"她可能是吓坏了。"咪咪就努力扮出被吓坏的表情问："他跟那个第一任太太离婚了吗？"

"根据那个第一任太太的说法是没有。"

咪咪说："她在撒谎，我敢打赌。"

我说："嘘——他会回纽约吗？"

"看来如果我们要他，就得引渡他回来。波士顿那边的警方说他一直闹着要找个律师。"

"你那么希望把他弄回来吗？"

纪尔德动了动他的大肩膀说："要看对谋杀案有没有帮助。他那些老案底或重婚罪我才懒得理。我从不觉得要挖遍一个人的所有底细，那根本不关我的事。"

我问咪咪："怎么样？"

"可以跟你单独谈一下吗？"

我看着纪尔德，他说："多少会有帮助吧！"

桃乐希碰碰我的手臂说："尼克，先听我说。我——"她停了下来，每个人都瞪着她看。

"什么事？"

"我想先跟你谈。"

"说吧！"

"我的意思是私下谈。"她说。

我拍拍她的手说："等一下再说吧！"

咪咪带我去她的卧房，小心翼翼的关上门。我坐在床上，点燃一根香烟。咪咪往后靠着门，带着很温柔很信赖的微笑。如此过了半分钟。

然后她说："你的确喜欢我，尼克，"我什么都没说，于是她问，"不是吗？"

"不是。"

她笑了，离开那扇门："你的意思是你不赞成我的做法。"她坐在我旁边的床上又问："可是你的确喜欢我，才会帮我的忙，对不对？"

"要看情况。"

"看什么情况——"

门打开了，桃乐希走进来："尼克，我一定要——"

咪咪跳起来正对着她的女儿，"滚出去！"她咬牙啐出这句话。

桃乐希瑟缩了一下，可是她说："我不出去，你不会——"

咪咪用右手背反手扇了桃乐希的嘴一巴掌："滚出去！"

桃乐希尖叫，一只手捂住嘴没放下，恐惧的双眼瞪大了一直盯着咪咪的脸，她往后退出房间，咪咪再度关上门。

我说："你有空一定要带着你的白色小鞭子来我们那儿坐坐。"

她好像没听见我的话，眼皮耷拉下来，思索着，嘴唇微微往外扯，似笑非笑的。她开口说话，声音比平常更沉重，更沙哑："我女儿爱上你了。"

"胡扯。"

"她爱上你，而且嫉妒我。只要我距离你十尺之内，她就全身痉挛。"她说话时似乎在想别的事情。

"胡扯。也许她十二岁时对我的迷恋还残存一些，不过也就是如此而已了。"

咪咪摇摇头："你错了，不过算了。"她再度坐在我旁边的床上说："你得帮我脱身，我——"

"没问题，"我说，"你是一朵娇弱的小花，需要一个伟大的大男人来保护。"

"噢，那个？"她一只手对着刚刚桃乐希走出去的那扇门摇了摇："你当然不是要——干吗呢，你什么没听过——而且什么场面没见过、什么事情没做过，根本不必替你担心。"她笑了，眼睛依然沉重而若有所思，嘴唇微微撅起："如果你想要桃乐希，带她走没关系，不要为这事情烦恼。但是不管这个了。我当然不是娇弱的小花，你也从来不这么想。"

"嗯。"我同意。

"所以呢。"她用一种决定的语气说。

"所以什么？"

"别再卖弄风情了，"她说，"你懂我的意思。你很了解我，就像我很了解你一样。"

"差不多，不过你自己也一直在卖弄风情——"

"我知道。那是游戏，现在我不玩了。那个狗娘养的愚弄我，尼克，愚弄得那么惨，现在他有麻烦还寄希望于我的帮忙，我会帮他的。"她一只手放在我的膝盖上，尖利的指甲戳进我的肉。"警方不相信我的话，我要怎么样才能让他们相信他在说谎，让他们相信我已经把自己所知道的关于那件谋杀案的事情都告诉他们了？"

"也许你没法让他们相信，"我慢慢地说，"何况乔格森只是重复你几个小时前告诉过我的话。"

她摒住呼吸，指甲又刺进我的肉里问："你告诉警方了吗？"

"还没。"我把她的手拿离我的膝盖。

她放心的叹了一口气："那么你现在当然不会告诉他们了，对不对？"

"为什么不会？"

"因为那是谎话。他撒谎，我也撒谎。我什么都没发现，一丁点儿都没有。"

我说："回到稍早我们谈过的内容，我现在就像当时一样相信你。我们刚刚谈的那些词儿是什么？你了解我，我了解你，不卖弄风情，不玩游戏。"

她轻轻拍了一下我的手。"好吧，我是发现了东西——不多，不过是样东西——我可不打算拿这个证据去帮那个狗娘养的。你可以了解我的感受，尼克，你尝过那种滋味——"

"或许吧，"我说，"可是照这个情况看，我没理由跟你站在同一阵线。你的克里斯不是我的敌人，帮你陷害他对我一点儿好处都没有。"

她叹了口气。"这一点我想过很多。我想我能出得起的钱在你的眼里不算什么，"她虚伪地笑了笑，"我美丽洁白的身体你也不看在眼里。但你难道不想救克莱德吗？"

"不一定。"

她闻言一笑。"我不懂这是什么意思。"

"我的意思是，我不认为他需要拯救。警方没查到太多关于他涉案的事情。他是个疯子，朱丽亚遇害那天他在市内，另外她骗过他。这些还不足以让警方逮捕他。"

她又笑了。"可是如果我贡献证据呢？"

"我不知道，什么证据？"我问，然后没等她回答——反正我也不期望她会回答——就又继续说。"不论是什么，你已经上当了。你可以告克里斯重婚。没有……"

她甜蜜地笑着说："但我有这个把柄在手上，以防他……"

"以防他逃过谋杀罪名，对不对？这样行不通的，小姐。

你可以让他坐三天的牢，可是这三天检察官会问他很多问题、查证他的说法，最后会知道他没杀朱丽亚，而且会知道你把检察官当笨蛋耍。到时候你拿出小小的重婚罪交给检察官，他会叫你去跳河，拒绝用这个罪名起诉克里斯。"

"可是他不能这样，尼克。"

"他能，而且他会，"我向她保证，"而且要是让他查出你藏匿证据，他会尽一切可能让你的日子不好过。"

她咬住下唇问："你这可是实话？"

"我告诉你的都是确实会发生的事情，除非这两年检察官的作风改变很多。"

她又咬住下唇。"我不希望他就这么脱身，"她停了一下，"可是我也不想惹麻烦上身。"她看着我。"如果你跟我撒谎，尼克——"

"你要么就相信，不然就拉倒，除此之外别无选择。"

她笑了，一只手放在我脸颊上，亲了亲我，然后站起来说："你真是个混蛋。好吧，我打算相信你。"她走到房间另一头，又退回来。她的眼睛发亮，一脸兴奋。

"我去叫纪尔德。"我说。

"不，等一等。我想——我想先看看你对这个证据的想法。"

"好吧，不过别再耍花样了。"

"你一定连对自己的影子都疑神疑鬼，"她说，"不过别担心，我不会再对你玩任何花招了。"

她绕过床走到一个柜子前面，打开柜门，把一些衣服移到旁边，然后伸出一只手摸索着靠后面的一叠衣服。"很有趣。"她说。

"有趣?"我站了起来说:"恐慌还差不多。纪尔德会把你这里给掀翻。"我开始向房门走去。

"不要这么暴躁嘛,"她说,"找到了。"她手上拿着一团卷起的手帕转身过来。我凑过去,她打开手帕让我看,里面是一条三寸长的表链,一端断了,另一端系着一把金色的小刀。那条手帕是女用的,上头有一些褐色斑点。

"怎么?"我问。

"这东西原来在朱丽亚的手上,我是单独和她在公寓里时看到的,我知道这是克莱德的东西,所以我就拿走了。"

"你确定是他的?"

"确定,"她无奈地说,"你看,这些表环是金、银、铜做的,这是他发明的熔铸法所制造出来的第一批产品。任何对他有点了解的人都认得出来——太独特了。"她翻过刀身让我看上面刻的 C M W,"这是他的名字缩写。我以前没看过这把刀,可是常看到这个表链,克莱德戴了好几年。"

"你对这个表钟印象深刻到不看就能描述出特点吗?"

"当然。"

"这是你的手帕?"

"对。"

"上头的污渍是血?"

"对。表链在她手上——我告诉过你了——上头有血。"她朝我皱眉,"你该不会——你一副不相信我的样子。"

"不完全相信,"我说,"但我想你应该确定这回你讲的是真话。"

她一跺脚。"你——"她笑了，怒气从脸上消失，"你真是烦死人了。我这回说的是实话，尼克。我说的每件事情都是确实发生过的。"

"希望如此。也该是说实话的时候了。你确定你单独跟朱丽亚在一起的时候，她没清醒过来说任何话？"

"你又快把我逼疯了。我当然确定。"

"好，"我说，"你在这里等一下，我去叫纪尔德，可是如果你告诉他，你是从朱丽亚手上把这个表链拿走的，而当时她还没死，纪尔德就会怀疑你是硬从她那儿抢来的。"

她睁大眼睛问："那我该怎么跟他说？"

我走出去，把门关上。

Chapter 24

略带睡意的诺拉正在客厅跟纪尔德和安迪说笑。维南特的一对儿女都不见人影。"去吧,"我告诉纪尔德,"左边第一扇门。我想她正在等你。"

"你说服她了?"他问。我点点头。

"有什么收获?"

"等你问完了我们再对答案,看看能不能补充些什么。"我建议。

"好。走吧,安迪。"他们离开了。

"桃乐希呢?"我问。

诺拉打了个哈欠:"我还以为她跟你和她母亲在一起呢。吉柏特应该就在附近,几分钟前他还一直待在这里的。我们会在这里耗很久吗?"

"不会太久。"我去后面的过道,经过咪咪的房门,来到另外一扇门前,门是开的,我往里瞧,里面没人。对面的门关着,我敲了敲。

桃乐希的声音传来:"谁?"

"尼克,"我说,然后进去。她侧躺在床上,衣衫整齐,只是脚上换了拖鞋。吉柏特坐在床边。她的嘴巴似乎有些水肿，不过也可能是哭肿的，她的两眼红红的。她抬起头来不高兴地瞪着我。

"还想跟我谈吗？"我问。

吉柏特从床边站了起来问："妈妈呢？"

"在跟警方谈话。"

他咕哝了几句话离开房间。

桃乐希颤抖起来。"他让我觉得毛骨悚然。"她叫道，然后忽然想起什么，再度不高兴地看着我。

"还想跟我谈吗？"

"你为什么要这样拒绝我？"

"你真傻。"我坐在刚刚吉柏特的位置说，"你知道你妈妈发现的刀子和表链吗？"

"不知道，在哪里？"

"那你刚刚打算告诉我什么？"

"现在没有了，"她老大不高兴地说，"只是你至少该把你嘴上沾的她的唇膏擦掉。"我擦掉了。她抢走我手上的手帕，然后滚过去，从床另一端的书桌上拿起一盒火柴，点燃一根。

"会臭死人。"我说。

她说："我才不管。"然而她吹熄了火柴。我拿回手帕，走到窗边打开窗子，把手帕扔出去，再关上窗子，回到床上我坐过的老地方说："希望这样让你好过一点。"

"妈妈说了我什么？"

"她说你爱上我了。"

她突然坐了起来问："那你说什么？"

"我说你只不过是从小就很喜欢我。"

她下唇抽搐着问："你——你觉得是这样吗？"

"不然还会是怎样？"

"我不知道。"她开始哭了起来，"每个人都一直拿这件事开玩笑——妈妈、吉柏特，还有哈里森，我——"

我伸出手臂环着她，安慰着："滚他们去的。"

过了一会儿，她问："妈妈爱上你了吗？"

"老天，没有！除了女同性恋之外，她是我见过最痛恨男性的女人。"

"可是她一直有种……"

"那是肉体。别被骗了。咪咪恨男人——对所有男人——恨之入骨。"

她不哭了。前额皱起来说："我不懂。你恨她吗？"

"要看什么时候。"

"现在呢？"

"应该不恨吧。她一直很笨，却以为自己很聪明，这样很讨人厌，不过我想我不恨她。"

"我恨。"桃乐希说。

"你上星期已经告诉过我了。我想问你：你以前认识或见过我们今晚在地下酒吧谈起的那个亚瑟·努汉吗？"

她精明的看着我说："你只是想转移话题而已。"

"我真的想知道，你听说过他吗？"

"没有。"

"报纸登过他的消息，"我提醒她，"就是他告诉警方莫若力认识朱丽亚·沃夫的。"

"我不记得他的名字，"她说，"今晚我还是头一次听到他的名字。"

我描述努汉的长相，然后问："见过吗？"

"没有。"

"有时大家喊他亚伯特·诺曼，听起来熟悉吗？"

"没听过。"

"你认识我们今天晚上在史杜西的酒吧里见过的任何一个人吗？或者知道任何有关他们的事情吗？"

"没有，真的，尼克，我告诉过你，只要我知道任何事情，都会帮忙的。"

"无论会伤害到谁都帮？"

"对，"她毫不犹豫地说，然后又问，"你这是什么意思？"

"你很清楚我是什么意思。"

她双手掩住脸，用几乎听不见的声音说："我好怕，尼克，我——"此时有人敲门，她猛然放下手。

"请进。"我喊道。

安迪把门推开一条缝，头探进来。讲话时努力不露出好奇的表情："队长想见你。"

"我马上来。"我答应。

他又把门打开一点，说："他在等你。"他向我眨眨眼，似乎是暗示，可是眨眼的同时，嘴角扯得比眼睛还厉害，结果那张脸看起来很吓人。

"我马上回来。"我告诉桃乐希，然后跟着安迪出去。

他在我身后关上门，把嘴巴凑近我的耳边。"那个小鬼刚刚凑在钥匙孔上头偷看。"他低声说。

"吉柏特？"

"对。他听到我的声音老早就溜掉了，可是他在那儿，我很确定。"

"这对他来说是小意思，"我说，"你们跟乔格森太太有什么进展？"

他把厚厚的嘴唇撅成"O"字形，大声地吹了口气："这娘儿们真厉害。"

Chapter 25

我们走进咪咪的卧室，她正坐在靠窗的一张厚椅子上，看起来非常自得其乐。她朝着我高兴地笑着说："我的灵魂洁净无瑕，我已经坦白一切了。"

纪尔德站在一张桌子边，用手帕擦着脸。他的太阳穴还是有几滴汗珠，那张脸看起来苍老而疲倦。那把小刀和表链，还有原来包着的手帕都在桌上。"问完了吗？"我问。

"我不知道，真的不知道，"他说。然后转头问咪咪："你看我们问完了吗？"

咪咪笑了："我想不出还有什么可说的。"

"好，"纪尔德慢吞吞地说，有几分勉强，"那么我想跟查尔斯先生谈几分钟，请容我们告退几分钟。"他小心翼翼地折起手帕放进口袋里。

"你们可以在这里谈。"她从椅子里站起身来，"我出去跟查尔斯太太聊聊，等你们谈完。"她经过我身边的时候，顽皮的伸出食指来轻轻地点了点我的脸颊说："别让他们把我说得太坏，尼克。"安迪替她开门，在她出门后关上，再度把嘴唇撅成"0"字形大声吹了口气。

我躺在床上。"好啦,"我问,"怎么回事?"

纪尔德清清喉咙说:"她告诉我们,她是在地板上发现这个表链和刀子,很可能是沃夫小姐和维南特打闹时抓下来的,她还告诉我们她藏到现在才拿出来的原因。这话你可别说出去,她讲的那些理由不怎么有道理,也许平常看起来合理,不过放在这个案子里面就不是那么回事了。老实跟你说,我真不知道该拿她怎么办。"

"最重要的,"我劝他,"就是别让她磨得你筋疲力尽。你要是拆穿她的谎言,她会承认,再撒另一个谎取代,然后等你拆穿,她会承认,还是再撒另外一个谎,诸如此类的。大部分人——尤其是女人——在你拆穿她第三或第四次谎言时就会放弃,要么就告诉你真相,要么就保持沉默,可是咪咪不是这样。她会一直试,你们得小心,否则就会开始相信她,不是因为看起来她好像说了实话,而是因为实在懒得一再的不相信了。"

纪尔德说:"嗯——或许吧。"他伸出一根手指放进衣领内侧,看起来好像非常不舒服,"你说,是她杀了那位小姐吗?"

我发现安迪专注地看着我,眼珠都快跳出来了。我坐起身,脚放到地板上,"但愿我知道。表链的事情看起来好像是栽赃没错,可是……我们可以查出维南特是不是就真有这么个表链,或许还能查到现在是不是还在他手上。如果她真记得那个表链,那么她大可以找个珠宝匠仿造一个,另外买把小刀刻上姓名缩写更是容易。有太多可以反驳她说法的可能性了。如果她的确是栽赃,那么比较有可能的是,她那个表链是真的——也许她已经保存多年——不过这些你们都得查证才行。"

"我们会尽力而为，"纪尔德耐着性子说，"所以你觉得是她干的？"

"你是说谋杀案？"我摇摇头，"我还没推得那么远。努汉那边怎么样？子弹相同吗？"

"相同，五颗都是出自射杀那位小姐的同一把枪。"

"他被开了五枪？"

"对，而且都是近距离开枪，近得在他衣服上都留下了烧灼的痕迹。"

"今天晚上我看到他的女朋友，那个红发的大个子女郎，在一家酒吧，"我告诉他，"她说是你和我杀了他，因为他知道得太多了。"

他说："噢。哪家酒吧？我可能会想跟她谈一谈。"

"史杜西·勃克的匹吉龙俱乐部，"我说，然后把地址告诉他，"莫若力也在场。他告诉我朱丽亚·沃夫的真名是南西·肯恩，她有个男朋友叫费斯·派普勒，正在俄亥俄州坐牢。"

从纪尔德那声"所以呢？"的语调，我想他已经查到派普勒和朱丽亚的过去，接着问"你还有什么其他收获吗？"

"我有个宣传员朋友赖瑞·克罗利，昨天下午在第六大道靠四十六街的地方，看到乔格森从一家当铺走出来。"

"真的？"

"你对我这些消息好像不怎么兴奋，我——"

咪咪打开门，端着一个托盘进来，上面有几个玻璃杯，还有威士忌和矿泉水。"我猜你们会想喝一杯。"她愉快地说，我们谢了她。

她把托盘放在桌上，说："我不想打扰。"她对着我们微笑，带着一种女性对一群男性惯用的包容打趣口吻，然后走出去。

"你刚刚说到哪里了？"纪尔德提醒我。

"只不过是想说，如果你们觉得我并没有对你们完全坦白，就该讲出来。到目前为止我们都联手合作，我不希望——"

"不，不，"纪尔德慌忙说，"完全不是这么回事，查尔斯先生。"他的脸微微发红，接着说："我是——其实是局长逼着我们要采取行动，我想我是有点迁怒了。这个节骨眼儿发生命案，让事情变得更棘手。"他转向桌上的那个托盘问："你要喝什么？"

"纯酒，谢了。没有线索吗？"

"这个嘛，同一把枪，还有那一堆子弹都跟射杀她的一样，可是也就只有这样了。命案发生在一栋公寓的走廊上，公寓两旁有几家店。我们问过那边的人了，没有人认识努汉或维南特或任何相关的人。大门没锁，任何人都可以进去，可是仔细想想，你会觉得没什么道理。"

"没有人看到或听到什么吗？"

"当然有，他们听到了枪声，可是却没看到谁开枪。"他给了我一杯威士忌。

"有没有找到空弹壳？"

他摇摇头："这回也没有。或许是左轮手枪。"

"凶手两次都把子弹打完——包括击中她电话的那发——就像大部分人一样，他把枪膛里面的子弹都打光，免得走火。"

纪尔德放低他正要凑近嘴巴的玻璃杯。"你不会是要找个天使，"他抱怨道，"只因为他们是这样开枪的吗？"

"不是，但任何天使都会有帮助。你查出朱丽亚遇害当天下午，努汉人在哪里吗？"

"嗯，待在朱丽亚那栋大厦里面晃——总之有一部分时间是这样。有人在前面看到他，有人在后面看到他，看到的人当时没想太多，也没必要说谎。另外根据一个电梯管理员的说法，谋杀案前一天，努汉去过她那户公寓。那个管理员说努汉一出电梯门，他马上就下楼了，不确定努汉有没有进去。"

我说："所以，或许蜜瑞安是对的，或许他的确知道得太多。你有没有查出麦考利朱丽亚给克莱德·维南特的四千元哪里去了？"

"没有。"

"莫若力说她一直很有钱。他说她有回还借他五千元现金呢。"

纪尔德眉毛一掀问："是吗？"

"没错。她还说维南特知道她有前科。"

"听起来，"纪尔德慢慢地说，"莫若力好像跟你说了很多。"

"他喜欢讲话。你查到其他有关维南特离开时正在进行的工作，或者他离开是要去进行什么工作吗？"

"没有。你好像对他的店很有兴趣。"

"有什么好奇怪的？他是个发明家，那个店是他的。有时间我想去看看。"

"请自便。再多说一些有关莫若力的事情吧，你是怎么让他开金口的？"

"他喜欢讲话，你知道一个叫'麻雀'的家伙吗？一个又大又胖、皮肤苍白的家伙，声音像女人。"

纪尔德皱起眉毛，"不知道，怎么？"

"他也在场——跟蜜瑞安在一起——他想来找我的碴儿，可是被他们阻止了。"

"他为什么想找你讲话？"

"不知道，或许是蜜瑞安告诉他我帮着你害死了努汉。"

纪尔德说："嗯。"他用大拇指的指甲搔搔下巴，看了他的手表一眼说："时候不早了。明天——噢不，今天，你找个时间来看我。"

我暂停思考，说："没问题。"向他和安迪点点头，然后走到客厅。

诺拉正睡倒在沙发上。咪咪放下正在看的书问："秘密会议结束了吗？"

"对。"我走向沙发。

咪咪说："让她再睡一会儿，尼克。你可以待到你那些警察朋友走，对吧？"

"好吧，我想再去看看桃乐希。"

"可是她睡了。"

"没关系，我叫醒她就是了。"

"可是——"纪尔德和安迪来了，分别向我们道别，纪尔德很抱歉地看了睡着的诺拉一眼，然后走了。

咪咪叹了口气。"我真被这些警察搞烦了。"她说，"你还记得那个故事吗？"

"记得。"

吉柏特进来问："他们真认为是克里斯干的吗？"

"不。"我说。

"那他们认为谁是凶手？"

"昨天我没办法告诉你，今天也没办法。"

"太荒谬了，"咪咪抗议说，"他们很清楚，你也很清楚，是克莱德干的。"我没搭腔，她又重复，这回更大声了："你很清楚是克莱德干的。"

"不是他。"我说。

咪咪一脸喜形于色的胜利表情："你明明在替他工作，现在还想否认吗？"我说没有，可是她完全不为所动。

吉柏特问我，并不是因为好辩，而是真的想知道的样子："为什么不可能是他？"

"有可能是他，可是人不是他杀的。他不是写了那些信把嫌疑归到咪咪身上吗？咪咪手上握着对他不利的证据，他何必写那些信？"

"可是或许他不知道这点。或许他以为警方并没有告诉记者他们查到的所有细节。警方常常这样的，不是吗？也说不定他以为可以误导她，让警方不相信她的说词——"

"没错，"咪咪说，"他就是这么想的，尼克。"

我跟吉柏特说:"你不认为他杀了她。"

"对,我不认为是他干的,但我想知道为什么你也这么想——我想知道你怎么推论的。"

"我也想知道你是怎么推论的。"

他的脸略略红了起来,微笑中带着一丝羞怯说:"噢,可是我——不一样的。"

"他'知道'谁杀了她。"桃乐希站在门口说。她依然衣着整齐,两眼定定地看着我,好像很怕去看其他人似的。她的脸色苍白,僵直的抱紧自己瘦小的身躯。

诺拉睁开眼睛,睡意浓厚地从枕上抬起头来问,"什么?"没有人回答她。

咪咪说:"桃乐希,别再耍这些白痴夸张的表演了。"

桃乐希说:"他们离开后你可以打我。你会的。"她说的时候,两眼依然定定地看着我。咪咪故作镇定,好像不知道她女儿在说什么似的。

"他怎么知道是谁杀了她?"我问。

吉柏特说:"你在胡扯,桃乐希,你——"

我打断他:"让她说,让她说出她原来想讲的人。谁杀了她,桃乐希?"

她看着她的弟弟,然后低下眼睛,不再紧抱着自己。她看着地板,模糊地说:"我不知道,他知道。"她抬起眼睛看着我,开始颤抖。"你看不出我很害怕吗?"她叫着,"我怕他们。带我走我就告诉你,可是我怕他们。"

咪咪嘲笑我:"你自找的。现在自作自受了。"

吉柏特脸红了。"真蠢！"他咕哝道。

我说："没问题，我会带你走，可是我希望你趁大家都在的时候说出来。"

桃乐希摇头："我怕。"

咪咪说："我希望你别这么宠她，尼克。这只会让她更严重，她——"

我问诺拉："你觉得呢？"

诺拉站起来双手朝下伸了个懒腰。她的脸是粉红色的，像平常刚睡醒时一样气色绝佳。她带着睡意向我笑笑，然后说："我们回家吧。我不喜欢这些人。来，桃乐希，去拿你的帽子和大衣。"

咪咪对桃乐希说："去睡觉。"

桃乐希左手的指尖放在嘴上啜泣着说："别让她打我，尼克。"我看着咪咪，她的脸很镇定，挂着半个笑，可是鼻翼随着呼吸而起伏，呼吸声大得连我也听得见。

诺拉走近桃乐希。"来，去洗个脸然后——"咪咪从喉咙里发出一声野兽的吼叫，颈背的肌肉纠结，全身的重量集中在脚尖。

诺拉往前一步站在咪咪和桃乐希中间。我趁咪咪往前扑时抓住她的肩膀，另一双手从后头抱住她的腰，然后把她举起来。她尖叫并抡起拳头猛打我后背，还不断用尖利的高跟儿鞋尖踢我的小腿。

诺拉推着桃乐希走出客厅，站在门口看着我们。她的脸很生动，我可以很清楚、很鲜明地看到，但其他的一切都变得模糊了。后头有人往我的背和肩膀上笨拙而无力地捶了好几下,我转身发现是吉柏特,我看得见他,可是看不清楚,而且我把他撞到一边时,几乎感觉不到他的拳力。"住手,我不想伤你,吉柏特。"我抬着咪咪到沙发旁边,把她仰天摔下去,然后坐在她的膝盖上,两手各抓住她的一只手腕。

吉柏特又来攻击我,我试着踢他的膝盖,可是踢得太低了,结果踢到他的小腿。他弯身倒在地板上,我继续想踢他,没踢到,于是我说:"要打架等一下再打,先弄点水来。"

咪咪的脸转成紫色,双眼暴突,睁得很大,眼神迟钝而无力。嘴里冒出白沫,随着呼吸从紧咬的齿缝间发出"嘶嘶"声,她发红的喉咙——以及全身——血管扭曲、肌肉肿胀得似乎快要爆炸了。她的手腕在我的手里发烫,汗水湿滑弄得我更难握紧。诺拉端着一杯水来到我身边,让我松了一口气,说:"泼到她脸上。"

诺拉照办了。咪咪张开紧闭的牙齿喘气,闭上眼睛。她的头激烈地左右翻来覆去。可是她身上的扭动程度平息了些。"再来一次。"我说。第二杯水引起咪咪抗议的咕噜声,她的身体不再反抗。她静静地躺着,无力地喘着气。

我放开她的手腕,站起来。吉柏特单脚站着,靠在一张桌子边,正在察看他被我踢伤的腿。桃乐希瞪大眼睛,脸色苍白的站在门口,无法决定要进来还是跑出去躲起来。诺拉站在我身边,手里拿着那个空的玻璃杯问:"她没问题了吗?"

"嗯。"

没多久咪咪睁开眼睛,眨眨眼想把泪水挤出来。我把手帕放在她手上。她擦擦脸，颤抖着吐了一大口气，然后在沙发上坐起身来。她扫视房间一圈，还时不时地眨眼。看到我时，她微弱地笑了一下。笑中有罪恶感，但是毫无懊悔之意。她用不太稳的手掠了掠头发说："我一定都湿透了。"

我说："总有一天你会彻底抓狂，再也无法清醒过来。"

她看了我一眼，眼神移到她儿子身上。"吉柏特，你怎么了？"她问。

他原来放在腿上的手慌忙放下，又把脚放回地上。"我——呃，没事，"他结巴地说，"我好得很。"他顺顺头发，又把领带扶正。

她笑了起来："噢，吉柏特，你刚刚真的想保护我吗？保护我不受尼克伤害？"她愈笑愈厉害："你真是太贴心了，可是也太傻了。为什么，因为他是个怪物，吉柏特。没有人能够——"她用我的手帕掩住嘴，笑得前仰后合。

我往旁边看看诺拉，她紧闭着嘴，几乎是黑色的双眼带着愤怒。我碰碰她的手肘说："我们走人吧。吉柏特，给你母亲一杯酒，她再过一两分钟就没事了。"

桃乐希手上拿着帽子和大衣，蹑手蹑脚地走向大门。诺拉和我各自拿了帽子和大衣跟着她出去，让咪咪在沙发里用我的手帕继续捂着笑个不停。回诺曼第旅馆的计程车上，我们三个人都没怎么说话。诺拉沉思着，桃乐希似乎仍在害怕，而我则是累了——真是充实的一天。

到家时，已经快五点了。艾丝塔又叫又跳的迎接我们。我躺在地板上和他玩了一会儿，诺拉则到餐具室去弄咖啡。

桃乐希想告诉我她小时候发生的一些事情。我说："不。星期一再说吧。这算什么？嘴塞子？现在太晚了。你在那儿不敢告诉我的事情是什么？"

"可是如果你让我说的话，你会更明白的——"

"那些等到星期一再说。我不是精神分析学家，对什么幼年的影响一窍不通，也不想懂。而且我很累——我已经坚强地撑了一整天了。"

她嘴巴翘得老高说："你好像就是想尽办法不让我好过。"

"拜托，桃乐希，"我说，"你可能知道一些不愿意在咪咪和吉柏特面前说的事情，也可能根本不知道。如果你知道，就说出来。我有什么不了解的地方会问你的。"

她绞着裙子上的皱褶，悻悻然地盯着那儿看，可是抬起头来，双眼变得明亮而兴奋。她用气音说话，但是很大声，整个房间都听得见："吉柏特今天见到我父亲了，我父亲告诉他谁杀了沃夫小姐。"

"谁？"

她摇摇头："他不肯告诉我。他只告诉我这些。"

"这就是为什么你不愿意在吉柏特和咪咪面前说？"

"对。如果你让我解释那些事情的话，你就会了解的——"

"你小时候发生过一些事情。噢，我不想听，别说了。你还有什么想告诉我的？"

"没有了。"

"没有关于努汉的吗？"

"没有。"

"你父亲在哪里？"

"吉柏特没告诉我。"

"他什么时候跟他碰面的？"

"他没告诉我。别生我的气，尼克，他跟我说的事情我全都告诉你了。"

"说得可挺多的，"我闷着声音说，"他什么时候告诉你这件事的？"

"今天晚上。你进来我房间的时候，他正在跟我讲这事情。真的，他就只告诉我这些。"

我说："你们这些人只要能有一次把事情讲得完整清楚，那就谢天谢地了——随便什么事情都可以。"

诺拉端着咖啡进来，问："这回你又在烦什么，小子？"

"很多事情，"我说，"谜语、谎言，还有我太老、太累，没法给他们制造什么乐趣。我们回旧金山吧。"

"不留下来过年？"

"明天，喔不，今天就走。"

"我很乐意。"她放下咖啡杯说，"如果你想的话，我们可以搭乘飞机回去，在那边过年。"

桃乐希颤抖着说："我没骗你，尼克。我知道的都告诉你了——求求你，不要生我的气。我很——"她停下开始啜泣。我摸摸艾丝塔的头哼了一声。

诺拉说："我们都筋疲力尽，神经也绷得太紧了。我们把小狗送下楼过夜，等休息过后再谈吧。来，桃乐希，我把你的咖啡端进卧室，替你找一套睡衣。"

桃乐希站起来。"晚安，"她对着我说，"很抱歉我这么笨。"然后跟着诺拉去卧室。

诺拉回到客厅后，坐在我旁边的地板上。"小桃乐希在那边又哭又哼的，"她说，"即使明知她现在的生活并不愉快，可是……"她打了个哈欠，"让她害怕的秘密是什么？"

我把桃乐希告诉我的事情说了："听起来完全是胡说八道。"

"为什么？"

"为什么不是？我们从他们那儿听来的其他事情都是胡说八道。"

诺拉又打了个哈欠："对一个侦探来说，这样解释或许没问题，不过还不能说服我。噢，我们何不列一个名单，把所有的嫌疑犯和动机、线索都写下来，然后一个个检查——"

"你去弄吧，我要睡了。什么样的线索，妈妈？"

"比方今天晚上我单独在咪咪家的客厅打盹儿时，吉柏特蹑手蹑脚地走近电话，他以为我睡着了，拿起电话叫接线生到早上以前不要接任何电话进来。"

"噢，真不得了。"

"还有，"她说，"好像桃乐希根本就有爱丽思姑妈家的钥匙。"

"了不起。"

"而且今天在酒吧里，莫若力开始跟你说起朱丽亚·沃夫认识的那个——谁的表亲？——迪克·欧布莱恩的酒鬼表亲，那时候，史杜西轻轻碰了一下莫若力。"

我站起来，把我们两个人的咖啡杯都放在桌上，说："真不明白侦探要是没跟你结婚的话，该怎么独力办案，不过，老话一句，你推测得太过火了。史杜西轻轻碰莫若力是我的意思，因为不需要花太多时间在那些不重要的事情上头。我倒是比较怀疑他们打'麻雀'是为了怕我受到伤害，还是不想让他告诉我什么事情。我困了。"

"我也困了。告诉我，尼克，要老实……你刚刚跟咪咪"战门"的时候，有没有勃起？"

"嗯，一点点。"

她笑了，从地板上站起来。"就知道你是个老色鬼，"她说，"瞧，天亮了。"

Chapter 26

诺拉叫醒我的时候，是十点一刻。"电话，"她说，"贺柏·麦考利打来的，他说有重要的事。"

我走进卧室——原先我睡在客厅——去接电话。桃乐希仍熟睡着，我低声对着电话说，"喂。"

麦考利说："现在吃中饭太早了，可是我得马上见你。我可以现在过去吗？"

"没问题，过来吃早餐吧！"

"我吃过了。你自己吃就好，我十五分钟之内到。"

"好。"

桃乐希略略睁开眼睛说，"一定很晚了，"然后睡意浓厚地翻了个身，回复无意识状态。

我用冷水洗脸洗手、刷牙梳头，然后回到客厅。"他要过来，"我告诉诺拉，"他吃过早餐了，不过你最好点个咖啡给他，我想吃鸡肝。"

"我可以加入吗？或者——"

"当然，你没见过麦考利吧？他是个大好人。我以前跟他们那一票常在一起，在中央公园那一带，大战后我们又碰上，他给过我几个案子，包括维南特那个。给我来杯酒止咳化痰如何？”

“你今天禁酒一天如何？”

“我们又不是来纽约戒酒的。今天晚上去看曲棍球赛怎么样？”

“很好啊！”她倒了一杯酒给我，然后去叫早点。

我浏览着早报。上头刊登了乔格森已经被费城警方逮捕以及努汉谋杀案的消息，可是那些小报称之为“地狱厨房帮派火拼”（译注：“地狱厨房”为纽约一个爱尔兰人群居的社区）。还有“麦克王子”杰克逊被捕，以及林白绑架案的消息占据了更多篇幅。麦考利和带着艾丝塔的门童一起上来。艾丝塔很喜欢麦考利，因为艾丝塔往他身上黏的时候，他还拍拍它，让它搭在他手上，没人对它这么好过。

今天早上他的唇边添了不少皱纹，脸颊上的粉红色也消褪许多。“警察怎么知道这条新线索的？”他问，“你想——”诺拉进来时他停了下来，她已经换了一身整齐的衣服了。

“诺拉，这位是贺柏·麦考利，”我说，“这位是我太太。”

他们握了手，诺拉说：“尼克只让我替你点了咖啡，我可以——”

“不，谢谢，我刚吃过早餐。”

我说：“好，你刚刚说警方怎么了？”他露出迟疑的表情。

“我知道的事情诺拉都清楚，”我向他保证，“所以除非你不愿意——”

“不，不，不是这么回事，”他说，“噢，我只是顾虑到查尔斯太太。我不想弄得她神经紧张。”

“那你就说吧。她只担心有什么事情没让她知道。警方的新行动是什么？”

“纪尔德队长今天早上来找我，”他说，“他先给我看一段表链，上头连着一把刀，问我有没有见过这个东西。我见过，那是维南特的。我告诉他我见过，我觉得看起来像维南特的。然后他问我，其他人是不是有可能拿到这东西，结果兜了半天的圈子，我发现他所谓的其他人是指你或咪咪。我很确定的告诉他，维南特很可能会把这东西交给你们任何一个人，你们也可能是从他那儿偷来，或在街上捡到，或者从哪个偷来或捡来的人那儿取得的，也说不定是维南特给了某人，你们又辗转拿到。你们拿到的方式又有很多种可能，我告诉他，但他明白我是在跟他鬼扯，所以他就不让我扯下去了。”

诺拉脸颊泛红，双眼转暗说：“那个白痴！”

“噢，”我说，“或许我之前该警告你——昨天晚上他才朝这个方向追查的。我猜是我的老友咪咪给了他一两个刺激。他还特别追查到什么？”

“他想知道——他是这么问的：‘你觉得之前查尔斯和沃夫小姐还常常混在一起吗？或是完全没来往了？’”

“那是咪咪搞的鬼，没关系，”我说，“你怎么回答他？”

“我告诉他我不知道你们是不是还混在一起，因为我不知道你们是不是曾经混在一起过，我还提醒他，你不住在纽约已经很久了。”

诺拉问我：“你们混在一起过吗？”

我说："别逼麦考利撒谎。结果纪尔德怎么说？"

"没说什么。他问我觉得乔格森可能知道你或咪咪什么事情，我反问他什么你和咪咪的事情，他就说我装蒜——他就这么说的——所以我们没谈出什么结果来。他对我们碰面的次数也很感兴趣，问我们在哪些地点碰面，时间有多久。"

"好极了，"我说，"这下子我就有不在场证明了。"

一个侍者带着我们的早餐进来。我们随意聊着，直到他布置好餐桌后离去。然后麦考利说："你没什么好怕的。我打算把维南特交给警方处理。"他的声音不太稳定，而且有点结巴。

"你确定是他干的？"我问，"我可不确定。"

他只说："我知道。"然后清清嗓子，"即使我弄错的概率是千分之一——其实没有——他是个疯子，查尔斯。他不应该失控的。"

"或许没错，"我说，"如果你知道——"

"我知道，"他重复，"他杀朱丽亚的那天下午我跟他碰过面，大概是他杀掉她不到半个小时之后，不过当时我不知道，我甚至不晓得她已经死了。我——噢，我现在晓得了。"

"你是在赫尔曼的办公室跟他碰面的吗？"

"什么？"

"那天下午三点到四点左右，你应该在一位赫尔曼先生的办公室里。至少警方是这么告诉我的。"

"没错，"他说，"我的意思是，我是这么告诉他们的。其实我在广场饭店等不到维南特，又没他的消息，就打电话给朱丽亚，结果也没下文，于是我就放弃了，然后去赫尔曼的办公室。他是我的顾客，是个矿冶工程师。我刚替他拟了一些开公司的条文，他们要更改一些细节。我走到五十七街时，忽然觉得自己被跟踪了——你知道那种感觉。我想不出有什么理由会有人跟踪我，不过毕竟我是个律师，还是有被跟踪的可能。总之，我想确定有没有被跟踪，于是往东边转到五十七街，走到赫尔曼的办公室，还是不确定。有个我似乎在广场饭店见过的苍白小个子男人在后头，可是——要确定有没有被跟踪，最快的方式好像就是搭计程车，所以我就叫了一辆计程车，叫司机往东走。路上塞车很厉害，我没法看出那个小个子男人或其他人是否在跟踪我。于是我叫司机往南转到第三大道，然后又往东开到五十六街，再往南到第二大道，这时我很确定有一部计程车跟着我。当然，我看不到那个小个子男人是不是坐在里面，离得太远了。到了下一个街口，碰到红灯，我看到维南特。他坐在五十五街一部往西的计程车上。当然，我并不意外；那里离朱丽亚的家只有两个街区，我猜想我打电话过去时，她不想让我知道他在那儿，而此时他正要赶去广场饭店跟我碰面。他一向不守时。所以我叫司机往西走，可是到了莱辛顿大道——我们离他的车半个街区——维南特那部计程车转向南方。那不是往广场饭店的方向，甚至也不是往我办公室的方向。于是我决定不管他，又把注意力转移到跟踪我的那部计程车上——结果再也找不到了。到赫尔曼办公室的路上我一直留意着，可是没再发现有任何人跟踪我的迹象。"

"你看到维南特时，是什么时间？"

"应该是三点十五分或二十分。我到赫尔曼先生的办公室时，已经是三点四十分了，我想应该是在我看到维南特的二十或二十五分钟之后。赫尔曼的秘书——露易丝·贾可布，就是昨天我们碰面时我身边的那个女孩——跟我说赫尔曼一下午都在开会，可是应该快开完了，后来果然如此，于是我们谈了十几分钟，之后我就回我办公室了。"

"你看到维南特时，大概距离不够近，没法看清他的表情是不是很激动、手上有没有表链、身上有没有火药味这一类的东西。"

"没错。我只看到他的侧影略过，可是别以为我没法确定那是不是维南特。"

"我没这么想，你继续吧！"

"他后来没再打过电话给我。我回办公室大约一个小时之后，警方打电话来，告诉我朱丽亚死了。现在你一定明白，我当时不认为维南特是凶手——至少一时之间并不这么想，这个你了解的——你到现在还不认为他是凶手。所以我去了警察局之后，警方开始问我一堆关于他的问题，我就明白他们觉得他有嫌疑，而我做了百分之九十九的律师会替他们的当事人所做的事情——我没提起谋杀发生的那段时间我曾在附近看过他。我告诉警方的事情，和我以前跟你说的一样——我们约了碰面，可是他没来——让警方以为我从广场饭店离开后，就直接去了赫尔曼那儿。"

"那是可以理解的，"我说，"在听到他的说法之前，你没有理由告诉警方什么。"

"对，只不过问题是我从没听过他的说法。我希望他能出现，或者打电话给我什么的，可是他没有——一直到星期二，我才接到他从费城寄来的那封信，信中对于他星期五的失约只字未提，也没提到——不过你已经看过那封信了。你有什么感想？"

"你的意思是，从那封信来看是不是他干的？"

"对。"

"不会特别有这种感觉，"我说，"如果他没杀她，看起来就该是这个样子——不太理会警方怀疑，除非会因此耽误他的工作，于是他想着用这封信澄清一切，免得带来任何不便——如果换成别人写这封信，不会是聪明的举动，但因为他疯疯癫癫，所以就相当管用。我看得出他寄这封信的时候，完全没想到最好的方法就是出面交代谋杀当天他的行踪。你确定你看到他的时候，他是从朱丽亚那儿出来的吗？"

"我现在很确定了。一开始我只是觉得有可能。然后我想，他可能只是去他的店，那是在第五大道，离我看到他的地方只有几个街区，虽然自从他离开之后店就关了，不过上个月我们才稍微装潢过，就等他回来，他那天下午可能去过。警方查不出他去过的痕迹，所以也没法确定。"

"我想问你，有人说他现在留了络腮胡，是真的吗？"

"没有。还是那张瘦巴巴的脸，接近白色的小胡子还是乱糟糟的。"

"还有件事：有个叫努汉的家伙昨天被杀死了，是个小个子——"

"我正要说呢。"他说。

"我在想，你刚刚说那天跟踪你的小个子，搞不好就是他。"

麦考利瞪着我说："你是说，跟踪我的可能是努汉？"

"我不知道，只是猜测。"

"不晓得，"他说，"我没见过努汉，据我所知——"

"他个子小小的，不会超过五尺三（译注：约一百六十厘米），体重大概有个一百二十磅（译注：约五十四千克）。我看他大概是三十五六岁。皮肤苍白，眼睛和头发都是深色的，两只眼睛靠得很近，大嘴巴，长而扁的鼻子，招风耳——一副贼头贼脑的机灵相。"

"很像他，"他说，"虽然跟踪我的那个人离我太远，没法看仔细。我想警方会让我看看他——"他耸耸肩，"现在也无所谓了。我的处境如何？噢，没错，我联络不上维南特。这对我不太有利，因为警方一直以为我对他们撒谎，私下还偷偷跟维南特联络。他们也以为你是这样，对吧？"

"对。"我承认。

"你大概也跟警方一样，怀疑我在案发当天跟他碰过面，不论是在广场饭店还是后来。"

"有可能。"

"是啊，当然你们也不完全是错的。至少我见到他了，而对警方来说，见到他不代表有罪，出于直觉和推论的撒谎也不犯法。但如果我现在撒谎，那就是标准的谎言，而且是故意的。那天赫尔曼整个下午都在开会,他不晓得我等了他多久。露易丝·贾可布是我的好友。细节不提了,我告诉她只要说我是三点零一分或零二分到达那儿,她就可以帮我、也帮了我的一个当事人。她很快就答应了。为了避免她万一惹上麻烦,我告诉她如果有什么不对劲,就只要说她不记得我是什么时候到的。可是第二天,我无意间提到我是那个时候到的,她忽然无来由地怀疑起我来——认为一切都是我干的。"麦考利深吸了一口气,"现在这些都不重要了。重要的是,今天早上我得到了维南特的消息。"

"又来了一封怪信?"我问。

"不,他这回是打电话。我约他今天晚上见面——跟你一起去。我告诉他,除非你跟他碰过面,否则不会替他办事,所以他答应今天晚上跟我们见面。当然,我打算带着警察一起去。我不能再这样替他隐瞒下去了。我可以用精神失常的理由让他获判无罪,然后关进疯人院。这是我唯一能做的,也是唯一想做的。"

"你通知警方了吗?"

"还没有。警方离开之后他才打电话来。总之,我想先跟你见面。我想告诉你,我没有忘记我亏欠你的,而且——"

"胡说。"

"不是胡说。"他转向诺拉,"我想他没告诉过你,有回在一个弹坑里,他救了我一命。"

"他发神经了,"我告诉诺拉,"他向一个家伙开枪,没射中,然后我也向那个家伙开枪,射中了,就这样。"我又问他:

"为什么你不先等一等，晚点再告诉警方？我们晚上先去赴约，听听看他怎么说。如果谈的结果让我们认定他就是凶手，我们可以当场叫警察。"

麦考利疲倦地笑了起来："你还是在怀疑，对不对？好，如果你想这么做的话，我很愿意配合，虽然好像没什么道理——但等我告诉你我们在电话里谈的内容后，或许你会改变想法。"

桃乐希边打哈欠边走进客厅，她身上穿着诺拉的睡衣，外面罩了一件诺拉的睡袍，两件都太长了。"喔！"她一看到麦考利就惊呼，认出他之后说"喔，你好，麦考利先生。我不知道你来了。有没有我父亲的新消息？"

他看着我，我摇摇头。他告诉她："还没有，不过也许今天会有。"

我说："桃乐希倒是有个间接的消息。告诉麦考利有关吉柏特的事。"

"你是指——有关我父亲的？"她犹豫地说，眼睛看着地上。

"喔，老天，不是才怪呢！"我说。

她的脸红了，责备地看着我，然后她匆忙地告诉麦考利："吉柏特昨天见到我父亲了，他告诉吉柏特谁杀了沃夫小姐。"

"什么？"她认真地连点四五下头。麦考利眼神迷惑地看着我。

"不见得是真的，"我提醒他，"这只是吉柏特的说法。"

"我懂了。那么你认为他可能——"

"自从他们夫妻离婚之后，你就很少跟这家人谈话了，对不对？"

"对。"

"这是经验之谈，他们都疯了，这是天生的。他们开始——"

桃乐希愤慨地说："你太过分了。我已经尽力——"

"你有什么好抱怨的？"我问，"这回我可没亏待你，我很愿意相信吉柏特的确是这样告诉你的。可别期望我做太多。"

麦考利问："那么是谁杀了她？"

"我不知道。吉柏特不肯告诉我。"

"你弟弟以前常常跟他见面吗？"

"我不知道有多频繁。他说刚见过他。"

"那他有没有提到——提到那个努汉？"

"没有，尼克也问过我。他没告诉我任何其他事情。"

我逮到诺拉的目光，向她使了个眼色。她站起来说："我们去卧室吧，桃乐希。让这两个家伙有机会做他们想做的事情。"桃乐希不太情愿，可是还是跟着诺拉走了。

麦考利说："她长大了，真是女大十八变。"然后清清喉咙："希望你太太不会——"

"没关系。诺拉不介意的。你刚刚正提到你跟维南特的谈话内容。"

"警方一走他就打电话来，说他看到了《纽约时报》的广告，问我有什么事。我告诉他，你并不急着想卷入这种麻烦里面，而且你说如果不先跟他谈过，你就完全不肯碰这件事情，于是我们约了晚上碰面。然后他问我有没有见过咪咪，我告诉他自咪咪从欧洲回来之后，我见过她一两次，也见过他女儿。他说：'如果我太太要钱，只要数目不离谱，给多少都没关系。'"

"真该死！"我说。

麦考利点点头："我的感觉也一样。我问他为什么，他说他看到报纸上的消息，他相信她是上了罗斯华特的当，而非他的同谋，而且他有理由相信她'有站在我这边的倾向'。我开始明白他的意思，然后我告诉他，咪咪已经把那把刀和表链交给警方。你猜猜他有什么反应？"

"我放弃猜。"

"他咳了两声，有点结巴——只是一点点而已，然后又十分流畅地说：'你是说我放在朱丽亚那边，等着要修理的那个手表上头的表链和刀？'"

我笑了："结果你怎么说？"

"我一时愣住了。还没想出答案，他就又说：'总之，晚上碰面时我们可以详细讨论。'我问他要在什么时间和地点碰面，他说他还不知道自己会去哪儿，到时候再打电话给我。于是我们约好他十点打电话去我家。接下来他就说他有急事得去办——虽然之前他的口气听起来好像很闲——所以没时间回答我的问题，然后他一挂了电话，我就打给你。现在你还相信他是无辜的吗？"

"不那么相信了，"我缓缓地回答，"你有把握晚上十点会接到他的电话吗？"

麦考利耸耸肩，说："这点你跟我一样了解。"

"那么如果我是你，我不会去打扰警方。除非我们能先逮到他，而且有办法交给警方。要是维南特今天晚上让我们白跑一趟，警方一定会恨死你，就算不马上把你关进牢里，也不会让你太好受。"

"我知道，可是我想摆脱这件事情。"

"多等几个小时也无妨。"我说，"你们有提到他失约没去广场饭店的事情吗？"

"没有。我没机会问他。好吧，如果你说要等，那就等，可是——"

"无论如何先等到晚上，等到他打电话给你为止——要是他真会打的话——到时候我们再来决定要不要带警方去。"

"你认为他不会打来？"

"不是很确定，"我说，"上回他就失约了。而且他一听说咪咪把表链和刀子交给警方之后，好像注意力就没放你身上了。所以我不会那么乐观。不过反正我们可以走着瞧。我最好九点到你家，对不对？"

"过来吃晚饭吧！"

"没办法，可是我会尽早到，以防万一他提早打电话来。我们会希望能赶快行动的。你住在哪里？"

麦考利把他位于史卡戴尔的住宅地址给我，然后站起来，说："麻烦你替我向查尔斯太太道别，并谢谢她——噢，顺便提一下，我昨天批评哈里森·昆恩的事情，希望你不会误会，我没有别的意思，只不过就像我说的，我听他的话投资一向运气不好。你知道，我不是在暗示什么，也不是指他没法替其他客户赚钱。"

"我了解。"我说，然后喊诺拉来，她和麦考利握手，互相说了些礼貌话。他一面忙着拨开艾丝塔一面跟我说，"尽量早点来。"然后走了。

"曲棍球赛看不成了，"我说，"除非你另外找到人陪你去。"

"我漏掉什么好戏了吗？"

"不多，"我把麦考利跟我说的事情告诉了她，"别问我感想，我不知道。我知道维南特是个疯子，可是他不像个凶手。他的行为看起来像是在玩某种游戏，只有上帝晓得是什么游戏。"

"我觉得，"她说，"他是在掩护另外一个人。"

"为什么你不觉得是他干的？"

她一脸意外地说："因为你不这么认为啊！"

我说这可真是个好理由，"另外一个人是谁？"

"我还不知道。现在别取笑我了。我想过很多。不会是麦考利，因为维南特想利用他帮忙掩护那个人，另外——"

"也不会是我，"我提议，"因为维南特也想利用我。"

"答对了，"她说，"如果你继续取笑我，到时候我先猜出凶手是谁，你就会觉得自己很蠢。另外也不会是咪咪或乔格森，因为维南特一直想让大家怀疑他们。也不会是努汉，因为他很可能是被同一个凶手杀掉的，而且既然他现在死了，也没有掩护他的道理。再来，也不会是莫若力，因为维南特嫉妒他，而且他们吵过架。"她对着我皱起眉头说："真希望你对那个叫'麻雀'的大胖子还有那个红发女郎了解多一点儿。"

"那桃乐希和吉柏特呢？"

"我想问问你关于他们两个的事情。你想维南特对他们的感情会很深吗？"

"不会。"

"说不定你只是想泄我的气，"她说，"了解他们的人，很难想象会是他们其中之一干的，不过我只是试着表达我的个人想法，而且不违背逻辑。我昨天睡觉之前列了一个所有嫌疑犯的单子——"

"搞这种小逻辑最能对付失眠症，就像——"

"别这么趾高气昂。你到目前为止的表现有点逊色。"

"我没别的意思，"我亲了她一下，"你穿了新衣服？"

"啊，改变话题，懦夫。"

Chapter 27

下午稍早我去找纪尔德，握过手之后就马上进入正题，"我没带律师来。我想我单独来会比较好。"

他前额皱了起来，摇着头好像我说的话伤害了他。"事情不像你想的那样，"他耐着性子说。

"太像我想的那样了。"

他叹了口气："很多人大概会以为你搞错了，但我不怪你。只是你要了解，我们必须检查每个方向，查尔斯先生。"

"听起来好熟悉。好吧，你想知道些什么？"

"我只想知道谁杀了她——还有他。"

"不妨去问问吉柏特。"我建议他。

纪尔德嘴巴一紧问："为什么要问他？"

"他跟他姐姐说，他知道是谁干的，说是维南特告诉他的。"

"你是说，他见过他父亲了？"

"桃乐希说她弟弟是这么讲的。我还没有机会问吉柏特。"

他湿润的双眼斜瞥了我一眼问："他们到底是个什么情形，查尔斯先生？"

"你是说乔格森一家？我所了解的程度大概跟你差不多。"

"我没你那么了解，"他说，"这是事实。我实在摸不透他们。还有，现在这位乔格森太太，她又是谁？"

"是个金发妞儿。"

他沮丧地点点头："嗯——我也只知道这么一点。不过老兄，你认识他们很久了，而且根据咪咪所说，你跟她——"

"我还跟她女儿，"我说，"还跟朱丽亚·沃夫，还有艾司托子爵夫人。我到处跟女人乱搞。"（译注：艾司托子爵夫人是美国出生的英国政治家，一九一九年成为有史以来第一位女性下议院议员。）

纪尔德举起一只手，说："我的意思不是说我完全相信她所说的一切，你也不必因此生气。希望你别介意，我觉得你用这个态度搞错了。你表现得好像我们是要对付你似的，根本就错了，完完全全不是那么回事。"

"或许吧，不过从昨天晚上到现在，你跟我谈过两次——"

他一双眼睛坚定地看着我，平静地说："我是警察，我只是做我分内的工作。"

"相当合理。你吩咐我今天过来。想干什么？"

"我不是吩咐你，而是拜托你。"

"好吧。你想干什么？"

"我不想要这样，"他说，"我不想这样跟你相处。之前我们一直是男子汉之间的交谈，我希望能继续保持下去。"

"是你改变方式的。"

"我不认为这样。查尔斯先生，你能不能发誓，或甚至只要跟我坦白，你一向都把你所知道的一切告诉我？"

说"是"没有用——他不会相信的。我说："差不多吧。"

"差不多，没错。"他抱怨说，"每个人都告诉我差不多所有的事实。我希望的是哪个差很多的混蛋打开天窗说亮话。"

我很同情他，我了解那是个怎样的感觉。我说："也许你所能找到的人里头，没有人知道全部的事实。"

他脸一苦，说："很可能，不是吗？查尔斯先生，我已经跟我所能找到的每个人都谈过了，如果你能再替我找到其他人，我也会跟他们谈。你指的是维南特吗？难道你不认为我们全警局日夜工作就是为了要找到他吗？"

"你们可以找他儿子。"我提议。

"可以找他儿子。"他同意，他叫安迪和一个皮肤黝黑、名叫克莱恩的短腿男子进来。"去找那个维南特小鬼，我想跟他谈谈。"他们出去了。他说："看到没，我想跟每个人谈。"

我说："你今天下午脾气不太好对吧？你把乔格森从波士顿弄来了吗？"

他耸耸他的大肩膀，说，"他的说法感觉上似乎很可信，不知道。你愿意给我一些意见吗？"

"当然。"

"老实说，我今天下午很烦躁，"他说，"昨天晚上我连打个盹儿的机会都没有。这种生活真要命，我真不懂我干吗还要继续干下去！我大可以找块地，筑几道铁丝篱笆，养几头银狐之类的——总之，你们一九二五年把乔格森吓跑之后，他就匆匆逃到德国，留下她太太一个人无依无靠——不过这方面他说得不多——而且改了名字，让你们更难找到他。也因为同样的原因，他不敢去做以前的工作——他自称是某种技术人员之类的——于是收入来源变得很少。他说他到处打零工，能找什么就做什么，不过我猜想大部分都是在当小白脸，你懂我意思吧，可是没碰到什么富婆。然后呢，大约一九二七年或二八年他在米兰，就意大利的那个城市，他在巴黎的《先锋报》上看到一则消息，说刚跟克莱德·维南特离婚的咪咪抵达巴黎。他没见过咪咪，咪咪也不认识他，不过他知道咪咪是个金发笨妞，喜欢男人、喜欢玩，没什么脑子。他猜离婚后维南特会分她一些财产，而且他的想法是，不管他能从她那儿挖到多少钱，都不会比维南特当初从他那儿骗走的要多——他只是拿回一部分原来属于自己的钱罢了。所以他掏出所有财产跑去巴黎。到目前为止没问题吧？"

"听起来没什么问题。"

"我也是这么想。接下来，他毫不费力地就在巴黎认识了她——不是自己搭上就是找人介绍什么的——剩下来的就很简单了。她立刻就疯狂地迷恋上了他——这是他的说法，然后她率先提出结婚。很自然的，他也不会反对。她离婚时已经拿了一大笔钱代替赡养费——老天，二十万呢！所以再婚也没有影响。他这等于是踏入金库，所以两个人就结婚了。根据他的说法，这个婚结得很怪，是在西班牙和法国之间的某个山区，由一个西班牙的神父用什么法国规矩替他们证婚，反正是不合法的，不过我想他这么说只是想逃过重婚罪。以我个人意见，我反正不在乎。重点是他找到了一个大财主就紧抱着不放，直到榨干为止。而且他说她只知道他是克里斯·乔格森，是个她在法国遇见的家伙，直到他在波士顿被捕她还不知道。到目前为止还是没问题吧？"

"还是没问题，"我说，"除了像你刚才说的，结婚的过程有点问题，不过也无所谓。"

"嗯，而且反正也没差别。所以到了冬天，银行户头所剩无几，他正打算偷走剩下的钱离开她，这时咪咪提议或许他们可以回美国，跟维南特再敲点钱来花花。他想如果办得到的话，那当然很好，而她觉得没问题，于是他们就搭船——"

"这里有点漏洞。"我说。

"为什么？他并不打算回波士顿，他知道他第一任太太在那儿。另外他也计划要躲着几个认识他的人，尤其是维南特。而且有人告诉他，法律规定有效追溯期限是七年，所以他觉得没有太大的风险。反正他们根本就不打算在美国待太久。"

"这部分我还是觉得有问题，"我坚持，"不过你继续说吧。"

"嗯，他到了美国的第二天——那时他们还在找维南特——霉运就上身了。他在路上碰到一个他第一任太太的朋友——就是欧嘉·芬腾，而且她认出他来。他试图说服她不要去跟他第一任太太告密，而且编了些电影情节拖延了几天——这家伙的想象力还真丰富！——可是也拖不了多久，她跑去找教区牧师告解，问牧师该怎么做，牧师说她应该告诉他的第一任太太，于是她就照办了。后来再碰到乔格森，她就把这件事情告诉他，于是他赶到波士顿，想阻止他太太闯祸，我们就在那儿逮到了他。"

"那他进当铺又是怎么回事？"我问。

"也跟他去波士顿有关。他说有一班往波士顿的火车马上就要开了，他身上的钱不够，又没时间回家拿——而且在没有安抚第一任太太之前，他也担心该如何面对第二任太太，当时银行又已经关门，所以他就拿手表去当。这部分我们查过了，没问题。"

"你看到那只手表了吗？"

"还没，要看不是问题。怎么？"

"我只是怀疑。难道你不觉得那个表原来是系在咪咪交给你的那个表链上的吗？"

他忽然站起来。"老天！"然后他怀疑的斜了我一眼问："你知道一些内情还是——"

"不。我只是怀疑罢了。他现在对谋杀案的说词如何？他觉得是谁干的？"

"维南特。他承认有一度他认为可能是咪咪，不过他说咪咪说服他相信凶手是维南特。他说咪咪不肯告诉他手上有维南特的什么把柄。这一点可能只是要撇清自己而已。我并不怀疑他们是故意要利用这个把柄去跟维南特敲诈。"

"你不觉得那把刀和表链是咪咪故意布置的？"

纪尔德嘴角一撇："她可能是故意布置，好用来敲诈。有什么不对劲吗？"

"对我来说复杂了点，"我说，"你有没有查出费斯·派普勒还在俄亥俄州坐牢吗？"

"嗯。下个月出狱。钻戒也查了，是他一个哥儿们替他送去给朱丽亚的。看来好像他们计划等他出狱两个人就结婚，双宿双飞什么的。总之，那个典狱长说看过他们之间的通信。这个派普勒没告诉典狱长任何有用的消息。当然，这多少也还是有助于推测动机。比方维南特看到她戴着别人送的戒指还准备要跟着人家跑掉，就吃醋了。那就——"他停下来接电话。"是，"他对着话筒说，"是……什么？……好……好，可是派几个人留下……没错。"他把电话推开，"有个流浪汉昨天在西二十九街被杀。"

"喔，"我说，"我刚刚好像听到维南特的名字。你知道话筒里的声音有时也会传出来的。"

他的脸红了起来，清了清喉咙："也许是类似的音——比方'为难他'。嗯，听起来很像——'为难他'。我差点忘了：我们替你查过那个叫麻雀的家伙了。"

"查出了什么吗？"

"看起来跟这件事没有关系。他名叫吉姆·布罗菲。我猜他是在追努汉的那个妞儿，他看你不顺眼，又喝醉了，以为揍你一顿可以追上她。"

"想得很妙，"我说，"希望你没在史杜西那儿惹麻烦。"

"他是你朋友？他以前坐过牢，你知道，记录跟你的手臂一样长。"

"当然知道，我逮过他一次。"我开始拿帽子和大衣，"你忙，我先走了，还有——"

"不，不，"他说，"你有时间就多待一会儿，我还有一两件事情，或许你有兴趣听，另外说不定你可以帮我对付维南特的那个小鬼。"我又坐下。

"也许你可以来一杯，"他建议，打开书桌的一个抽屉，不过警察的酒我一向喝不来，于是我说："不，谢了。"

他的电话又响了，他说："是……是……很好，进来吧。"这回我没听到话筒里传来任何话了。

他坐在椅子里往后靠，双脚放在桌上说："我正在考虑银狐牧场的事情，想问你觉得加州怎么样。"

我正想着是不是该告诉他加州南部的狮子和鸵鸟牧场，此时门打开了，一个红发胖子带着吉柏特·维南特进来。吉柏特的一只眼睛周围被打得肿了起来，左边裤管膝盖处磨破了。

Chapter 28

我跟纪尔德说："你叫他们抓他来，他们就把他抓来了，对不对？"

"等一下，"他跟我说，"不是你想的那样。"他问那个红发胖子："说吧，弗林特，告诉我们怎么回事。"

弗林特用手背擦了擦嘴说："这小鬼像只野猫，看起来不起眼，不过，老兄，我可以告诉你，他不想来。而且他真能跑。"

纪尔德低声骂道："你是英雄，我相信局长会马上颁奖牌给你，不过现在别扯那些了。讲重点。"

"我不是夸耀自己多伟大，"弗林特抗议道，"我只是……"

"我才不管你做了些什么。"纪尔德说，"我想知道的是他做了些什么。"

"是，长官，我正要讲到这部分。今天早上八点我去接摩根的班，一切都很顺利，就跟以前没两样，就像摩根说的，没有任何生物来打扰，直到大约两点十分，我忽然听到钥匙插进锁孔里面的声音。"他咂咂嘴稍停一会儿，好让我们有机会表达惊奇之意。

"沃夫小姐的公寓，"纪尔德向我解释，"我出于直觉，派了人守在那儿。"

"了不起的直觉！"弗林特赞赏的大声道，大声得有点过分。"老兄，了不起的直觉！"纪尔德瞪了他一眼，他慌张的继续说："是的，长官，钥匙，然后门打开，这位年轻人进来。"他骄傲而深情地对着吉柏特微笑，说："他看起来吓呆了，我一上前，他就像闪电似地逃出去，我追到一楼才逮到他，然后，老天，他不断挣扎，我只好打他的眼睛好让他安静。他看起来不壮，可是——"

"他在那个公寓里做了些什么？"纪尔德问。

"他还没有机会做什么，我——"

"你是说，你没先等等看他去那儿干什么，就跳到他面前？"纪尔德的脖子粗了起来，脸红得像弗林特的头发。

"我当时觉得最好别给他任何机会。"

纪尔德愤怒而怀疑地瞪着我，我努力不让脸上露出任何表情。他嗓音嘶哑地说："就这样吧，弗林特，去外面等着。"

那个红发男子似乎很困惑。"是，长官。"他慢吞吞地说，"他的钥匙在这里。"然后把钥匙放在纪尔德的书桌上，走向门口。到了门边他回头说："他自称是克莱德·维南特的儿子。"他快活的微笑着。

纪尔德的嗓子还是哑的，他说："噢，没错，不是吗？"

"对啊，我以前在哪儿见过他。我记得他以前是大矮子多伦帮的人。我以前见到他好像是在——"

"滚出去！"纪尔德咆哮道，弗林特就出去了。纪尔德低沉地闷哼道：“这个糊涂蛋快把我搞疯了。什么大矮子多伦帮，老天。”他绝望地摇摇头，问吉柏特：“怎么样，小子？”

吉柏特说：“我知道是我不应该。”

“这个开场白不错，”纪尔德和蔼地说，他的表情又恢复正常了，“我们都会犯错，自己拉张椅子坐下，我们看看能怎么帮你。要不要找个东西来敷眼睛？”

“不用了，谢谢，不碍事的。”吉柏特把一张椅子朝纪尔德挪了两三寸，然后坐了下来。

“那个混蛋是没事乱打你吗？”

“不，不，是我的错。我——我抵抗他。”

“嗯，我想，”纪尔德说，“没人喜欢被逮捕。这到底是怎么回事？”吉柏特没受伤的那只眼睛看着我。

“你现在处境不太好，要看纪尔德队长怎么办你，”我告诉他，“你要帮他的忙，才能帮你自己。”

纪尔德认真地点点头说：“没错。”他舒服地坐在椅子上，用一种友善的口气问道：“你是从哪儿弄来那把钥匙的？”

“我父亲附在信里给我的。”他从口袋里掏出一个白色信封递给纪尔德。

我走到纪尔德旁边，从他肩膀后头看着那个白信封。地址是打字的，‘寇特兰大厦，吉柏特·维南特先生收’，信封上没有贴邮票。“你怎么拿到这封信的？”我问。

“我昨天晚上大约十点钟在楼下柜台拿到的。我没问职员信送来多久了，可是我想我跟你出门的时候信还没来，也说不定当时只是职员没拿给我而已。”

　　信封里面有两张纸，上头的字很熟悉，打字打得很糟。
纪尔德和我一起看着信里的内容：

亲爱的吉柏特：

　　这几年不能陪在你身边，只因为你母亲希望如此。现在
我打破沉默请求你的协助，也只因为我实在有需要，不得不
违抗你母亲的意愿。而且你现在是个大人了，我感觉你可以
自己决定我们是不是应该表现得像父子一样。我想你已经知
道，我现在处境艰难，被牵涉进朱丽亚·沃夫的所谓谋杀案
中，我相信你对我毕竟有感情，至少会盼望我在这个案子中
是完全无罪的，而这也是实情。我要找你帮助我向警方和全
世界证明我的无辜，我充满信心，即使我不能仰仗你对我的
感情，也可以仰仗你的天性，会尽一切力量保护你、你姐姐
以及你父亲的姓不受玷污。我来找你也因为虽然我有个有能
力、相信我无辜，会追根究底的律师，而且渴望有尼克·查
尔斯先生协助，但我不能要求他们接受一项明显违法的工作，
也不知道除了你还能相信谁。我要你帮忙做的事情是，明天
去朱丽亚·沃夫位于东五十四街四一一号的公寓，附上的钥
匙可以让你进去，在一本名叫《礼貌大全》的书中，你会发
现一张纸或单子，请你看过这张纸之后，立刻毁掉。要确定
完全毁掉烧成灰才行，等你看过那张纸之后，你就会晓得为
什么这件事非做不可，也会了解为什么我会把这个任务托付
给你。这个事件应该会有一些发展，适当地改变我们的计划。
今天晚上晚一些我会打电话给你。如果你没接到我的电话，

我会明天晚上打，确定一下你是否已经执行了我的指令，同时可以跟你安排见面。我很有信心，你可以完成我交付给你的任务，而且我相信这份信赖并没有放错地方。

　　　　　　　　　　　　　　　　　　　深爱你的父亲

　　底下是维南特歪斜扭曲的签名。

　　纪尔德等着我说话。我也在等他。沉默了一会儿，他问吉柏特："结果他打了没？"

　　"没有，先生。"

　　"你怎么知道？"我问，"你是不是告诉接线生不要替你接任何电话上来？"

　　"我——是的。我怕你们在时他打来，会被你们发现。可是我以为他会留话给接线生，结果也没有。"

　　"那么你还没见到他？"

　　"对。"

　　"他也没告诉你谁杀了朱丽亚·沃夫。"

　　"对。"

　　"你跟桃乐希撒谎？"

　　他低下头，朝着地板点点头说："我——我想，那是嫉妒心在作祟。"他抬起头来看我，脸颊泛红："你知道，桃乐希一向很崇拜我，她认为不管什么事情我都比别人懂，而且你也晓得，以前不管她有什么疑问，都会来找我，而且都会照我的话去做。后来她见到你之后，一切都变了。她更崇拜你，也更尊敬你——那是很自然的，我的意思是，如果她不崇拜你，那就太蠢了，因为这不是比较的问题，可是我——我想我是嫉妒，而且很生气——噢，也不完全是生气，因为我也崇拜你——可是我想做些事情再吸引她的注意——我想可以称之为炫耀——所以我收到信之后，就假装我见过父亲，还假装他告诉我谁是凶手，所以她就以为我知道一些连你都不知道的事情。"他停了下来，喘了口气，用手帕擦擦脸。

我再度默默地等着纪尔德讲话，没多久，他说："我想这没什么大不了的，小子，只要你确定没有瞒着我们其他什么应该知道的事情。"

吉柏特摇摇头："没有，先生，我没有瞒着什么事情。"

"有关你母亲给我们的那把刀和表链，你一无所知吗？"

"是的，先生，我完全不晓得，直到她交给你们我才知道的。"

"她怎么样了？"我问。

"噢，她没事的，我是这样觉得，不过她说她今天打算要在床上躺一天。"

纪尔德双眼眯了起来问："她怎么了？"

"歇斯底里症，"我告诉他，"她昨晚跟她女儿吵了一架，她就崩溃了。"

"吵什么？"

"天晓得——女人胡思乱想之类的吧。"

纪尔德挠着下巴说："嗯——"

"弗林特说你没有机会找那张纸，是真的吗？"我问吉柏特。

"对。我连门都还没关好，他就冲过来了。"

"替我办事的警探就是这副德行，"纪尔德骂道。"他跳到你面前时，有没有大喊：'不许动！'算了。小子，我对你有两种处置，哪一种要看你自己决定。我可以关你一阵子或者放你走，但交换的条件是你得答应我，只要你父亲跟你联络，你就会通知我，而且你会告诉我你父亲跟你讲了些什么，还有他打算跟你在哪里碰面。"

我抢在吉柏特之前开口："你不能这样要求他，纪尔德。那是他的亲生父亲。"

"我不能，呃？"他对着我皱起眉头说："如果他父亲是无辜的，那这样不也对他有好处吗？"我没搭腔。

纪尔德的眉头渐渐松开："好吧，那么，小子，那假设我让你处于某种假释状态。如果你父亲或其他人要求你做任何事，你就告诉他们你没办法，因为你向我承诺过你不会这么做，这样你愿意吗？"吉柏特看着我。

我说："听起来很合理。"

吉柏特说："好，我答应你。"

纪尔德单手做了个夸张的手势，说："好，那你可以走了。"

吉柏特站起来说："非常谢谢你，先生。"然后转向我问："你要不要——"

"如果你不急着走的话，"我告诉他，"就在外头等我。"

"好。再见，纪尔德队长，谢谢你。"他走了出去。

纪尔德抓起话筒要他的手下找到那本《礼貌大全》和里

头夹的纸条，然后带回来给他。讲完电话之后，他双手在脑后交握，往后靠在椅子上问："怎么样？"

"我只是猜测而已。"我说。

"嘿，你不会还以为不是维南特干的吧？"

"我怎么想有差别吗？你现在有一大堆他的把柄，还有咪咪给你的证据。"

"差别很大，"他向我保证，"我很想知道你的想法，还有为什么。"

"我太太觉得他是在掩护某个人。"

"她是这样想的吗？嗯。我从来不会藐视女性的直觉，而且希望你不介意我这么说，查尔斯太太是个非常有智慧的女性。那她觉得维南特在掩护谁？"

"据我所知，她还没有结论。"

他叹了口气："唉，或许他叫他儿子去拿的那张纸条会告诉我们一些事情。"不过那天下午，那张纸条没有告诉我们任何事情：因为纪尔德的手下没找到，他们在死者的公寓内根本找不到那本《礼貌大全》。

Chapter 29

纪尔德又把那个红发的弗林特叫进来，逼问了他一番。红发壮汉被拷问得汗流浃背，不过一口咬定吉柏特没机会弄乱公寓里的任何东西，而且弗林特当班的时候，从头到尾没人碰过任何东西。他不记得看过一本叫《礼貌大全》的书，不过他这种粗人不能期望他会去记书名。他努力想帮忙，提了一堆白痴建议，最后纪尔德忍不住把他给轰出去。

"那个小鬼可能在外头等我，"我说，"你觉得再跟他谈谈会不会有什么帮助。"

"你觉得会有帮助吗？"

"不会。"

"那就别谈了。不过，老天，有人拿走了那本书，我打算——"

"为什么？"我问。

"什么为什么？"

"为什么该有那本书放在那里让人拿？"

纪尔德抓了抓下巴，问："你这是什么意思？"

"谋杀当天，他没在广场饭店跟麦考利碰面；他也没在艾伦城自杀；他要跟朱丽亚·沃夫拿五千元，结果只拿了一千元；我们以为他跟朱丽亚·沃夫是爱人的关系，他却说他们只是朋友。他让我们失望过太多次，所以我对他所说的话没有什么信心。"

"这倒是真的，"纪尔德说，"如果他来找我们说明或干脆离开，我都会比较理解。可是他这样到处出没，只是把事情搞得一团糟，我真是搞不懂。"

"你们有盯着他的店吗？"

"我们有在注意，怎么？"

"我不知道，"我认真地说，"只不过他指出过一大堆事情，却没让我们有任何进展。或许我们应该注意一下他还没指到的东西，他的店就是其中之一。"

纪尔德说："嗯——"

我说："我让你静一静，睿智的思考吧！"然后拿了我的帽子和大衣，"如果我晚上想找你，该怎么跟你联络？"他给了我他家的电话号码，我们握了手，我就走了。

吉柏特·维南特在走廊等我。我们两个都没怎么说话，上了计程车后，他问："他认为我说的是实话，对吧？"

"当然，难道不是吗？"

"喔，不，只是有些人不见得会相信你。你不会告诉妈妈这件事吧？"

"如果你不希望我说，我就不会说。"

"谢谢，"他说，"依你的意见，年轻人去西岸的话，会比在东岸这里有更多机会吗？"

我一面想象他在纪尔德银狐农场工作的情景，一面回答：

"现在不见得。你想去西岸？"

"不知道。我想做些事情。"他调整了一下领带，接着说："你一定会觉得我这个问题很可笑：乱伦的事情多吗？"

"有一些，"我告诉他，"所以才会发明'乱伦'这个词。"他的脸红了。

我说："我不会取笑你，这种事情没人懂，也没有办法懂。"

我们沉默地经过了两个街区，然后他说："我还想问你一个可笑的问题：你对我有什么看法？"他问这个问题时，比艾莉丝·昆恩要来得自觉。

"你不错，"我告诉他，"可是也大错特错。"

他眼光移开看着窗外，说："我太年轻了。"又沉默了一会儿，然后咳嗽，嘴角流出一丝鲜血。

"那家伙把你打伤了。"我说。

他不好意思地点点头，用手帕擦擦嘴角，说："我身体不是很壮。"

到了寇特兰大厦，他不肯让我扶他下计程车，然后又坚持他自己一个人没问题，可是我还是陪着他上楼，否则他恐怕不肯让人知道他的伤势。他还没掏出钥匙，我就按了公寓的门铃，咪咪打开门，瞪着吉柏特的黑眼睛瞧。

我说："他受伤了。让他上床，找个大夫来。"

"怎么回事？"

"别管这个，先把他安顿好再说。"

"可是克莱德来过，"她说，"所以我才会打电话给你。"

"什么？"

"他来过，"她振奋地点点头，"他还问吉柏特在哪儿。他在这儿待了大概一个多小时，刚走不到十分钟。"

"好吧，我们先把他送上床。"吉柏特顽固地坚持说他不需要帮助，所以我让他母亲陪他进卧房，自己去打电话。

"有人打电话来吗？"电话接通后，我问诺拉。

"有，大爷。麦考利先生和纪尔德先生要你回电，还有乔格森夫人和昆恩夫人也要你打电话给她们。到目前为止，没有小孩打来。"

"纪尔德什么时候打来的？"

"大约五分钟前。你可以自己吃晚饭吗？赖瑞找我陪他去看奥斯古·柏金斯的新戏。"

"去吧，晚点见。"我打电话给贺柏·麦考利。

"约会取消了，"他告诉我，"我们的朋友这么告诉我，他说他要忙着去做天晓得什么事。跟你说，查尔斯，我要去找警方，我受够了。"

"我想目前也无计可施了，"我说，"我自己也正打算要打电话给警方。我在咪咪家，维南特几分钟前来过，我刚好错过他。"

"他去那儿干什么？"

"我现在才正要查。"

"你真的要打电话给警方？"

"当然。"

"那你就打吧，我马上过去。"

"好，回头见。"

我打电话给纪尔德，"你一离开就出现了一个小小的新闻，"他说，"你在哪儿？方便讲话吗？"

"我在乔格森太太家。我得送那个小鬼回家。你们那个红发小子打得他内出血。"

"我要宰了那个蠢蛋，"他咆哮道，"那我现在最好别跟你谈。"

"我也有新闻。维南特今天下午在这里待了大约一个小时，根据乔格森太太说，我到这里之前几分钟他才刚走。"

话筒那端有片刻的静默，然后他说："先不要动，我马上过去。"

咪咪回到客厅时，我正在找昆恩家的电话。"你觉得他伤得严重吗？"她问。

"我不知道，不过你应该马上找大夫来。"我把电话推过去，她接电话时，我说："我已经告诉了警方维南特来过。"

她点点头说："我就是为了这个打电话给你的，我要问你是不是应该把这件事告诉警方。"

"我也打电话给了麦考利，他正要赶过来。"

"他也帮不上什么忙，"她愤慨地说，"克莱德自己要给我的——那是我的。"

"什么东西是你的？"

"那些债券，还有钱。"

"什么债券？什么钱？"

她走到桌前，拉开抽屉说："看到没？"里头有三包债券，用粗橡皮筋捆在一起。上头是一张公园大道信托公司开出的粉红色的一万元支票，领款人写着咪咪·乔格森，签名是克莱德·维南特，日期是一九三二年一月三日。

"日期是五天以后，"我说，"这有什么鬼吗？"

"他说他户头里没那么多钱，过两天应该可以存一点钱进去。"

"这些东西会搞得你很惨，"我警告她，"你最好有心理准备。"

"我不懂为什么，"她反对，"我不懂为什么我丈夫——我前夫——高兴的话，不能提供我和他的小孩一些东西。"

"省省吧，你卖了什么给他？"

"卖？"

"嗯，你答应他接下来几天要做些什么，不然他就不给钱，所以支票才不是即期的，不是吗？"

她一脸无奈地说："真的，尼克，有时候我觉得你那些愚蠢的疑心病都让你变笨了。"

"我正在努力学习要变成聪明人，再修三门课我就可以毕业了。不过你记住，昨天我曾警告你，你可能到头来会——"

"别说了，"她喊道，伸出一只手掩住我的嘴，"你就非说这些不可吗？你知道这些东西吓得我半死——"她的声音变得柔软而甜蜜，"你一定知道我这阵子吃了多少苦，尼克。难道你就不能仁慈一点吗？"

"别担心我，"我说，"担心警方是真的。"我回到电话那儿，打给艾莉丝·昆恩："我是尼克，诺拉说你——"

"对，你有没有看到哈里森？"

"我送他回家后就没见过他了。"

"好吧，如果你见到他，别提起我昨天晚上说的任何事情，好吗？我只是随便说说，没有一个字是真心的。"

"我也是这样想，"我向她保证，"总之我不会说出去的。他今天还好吧？"

"他走了。"她说。

"什么？"

"他走了，离开我了。"

"以前也这样过，他会回去的。"

"我知道，但这回我很担心。他没去办公室，我希望他只是醉倒在哪里——可是这回我很担心。尼克，你想他真的爱上那个女孩了吗？"

"他好像这么觉得。"

"他这么告诉你的吗？"

"那也不能当真。"

"你想去找她谈谈会有好处吗？"

"不会。"

"为什么？你觉得她也爱上他了吗？"

"不。"

"你怎么回事？"她暴躁地问。

"没事，我现在不在家。"

"什么？噢，你是说，你现在不方便说话？"

"没错。"

"你在——在那个女孩家？"

"对。"

"她在那儿吗？"

"不在。"

"你想她现在会跟他在一起吗？"

"我不知道。我想不会吧。"

"等你方便讲话的时候，可以打个电话给我吗？或者来我这儿一趟？"

"当然。"我答应了，然后挂了电话。

咪咪的蓝色眼睛正充满兴趣地看着我，问道："有人把我们家小娃儿的恋爱游戏当真了？"

我没搭腔，她笑了起来，问："桃乐希还在扮演苦命少女吗？"

"应该是吧。"

"而且还会继续扮演下去，只要她能找到观众相信她。而你，你也跟其他人一样被她愚弄，却害怕相信——噢，比方说，害怕相信我会说实话。"

"那是你这么觉得。"我说。我还没机会往下说，门铃响了。咪咪开门让大夫进来，是个矮胖的老者，既佝偻又蹒跚，咪咪带着他去看吉柏特。

我再度打开桌子的抽屉，检查那些债券，邮政电信与电报公司的债券五张，圣保罗市债券六又二分之一张，美式基金六张半，瑟顿提得产业五张半，上奥地利六张半，美国药物五张，菲律宾铁路四张，东京电灯六张，我看面额大约是六千元，猜想市场价值是三四倍。

门铃再度响起时，我关上抽屉，开门让麦考利进来。他看起来很疲倦，没脱大衣就坐下来说："好吧，告诉我最坏的情况，他来这里干什么？"

"我还不晓得，只知道他给咪咪一些债券和一张支票。"

"这事我知道。"他摸索着口袋，掏出一封信给我：

亲爱的贺柏：

我今天给了咪咪·乔格森太太一些债券，清单列在下面，还有一张公园大道信托的一万元支票，日期是一月三日。请安排在那天存进足够的钱以便兑现。我建议你卖掉一些公家债券，不过请你自行判断。我发现眼前不能再待在纽约了，而且或许好几个月都不会再回来，不过我会不时地与你联络。很抱歉今晚无法与你和查尔斯会面。

你真诚的克莱德·维南特

歪扭的签名下面是债券的清单。

"你怎么拿到这封信的？"我问。

"有个人送来的。你看他干嘛给她钱？"我摇摇头，"我问过咪咪，她说维南特是'提供她和他的小孩一些东西'。"

"很像这么回事，听起来似乎是真的。"

"那些债券怎么回事？"我问，"我还以为在你手上。"

"我原来也这么以为，可是没有，我根本不知道他有这些债券。"他手肘放在膝盖上，手托着下巴说"如果这些我不知道的事情原本是互有关系……"

Chapter 30

咪咪带着医生进入客厅，"喔，你好，"她有点僵硬地对麦考利说，然后两人握了手，"这位是葛兰特医生，这是麦考利先生和查尔斯先生。"

"吉柏特情况怎么样？"我问。

葛兰特清清喉咙说，吉柏特的状况没什么大问题，当然被揍过之后，有一些内出血，应该多休息就是了。他又清清喉咙说很高兴认识我们，然后咪咪送他出去。

"吉柏特怎么了？"麦考利问我。

"维南特叫他去朱丽亚的公寓找一个东西，结果他碰到了一个强壮的警察。"

咪咪从门口回来。"查尔斯先生告诉你债券和支票的事情了吗？"她问。

"我收到维南特先生给我的一张便条，他说他把那些东西交给你了。"麦考利说。

"那就没有——"

"困难？我想应该没有。"

她松了一口气，眼光也温暖了些，说："我就不懂为什么会有困难，只有他，"——指着我——"就爱吓唬我。"

麦考利礼貌地微笑这说："我能请问维南特先生提到过他有什么计划吗？"

"他说要离开什么的，不过我没专心听。我不记得他告诉过我什么时候走、要去哪儿。"

我咕哝着表示怀疑，麦考利假装相信她。"他有没有提到朱丽亚，或他的困难，或任何有关谋杀案的事情？能不能告诉我？"他问。

她用力地摇摇头："不管能不能告诉你，他一个字都没提到。我问过他，可是你也明白，只要他打定主意，什么也不会说。我问了半天，他只是哼哼哈哈。"

我提出麦考利似乎出于礼貌而不便问的问题："他讲了些什么？"

"没什么，真的，只提到我们和小孩的事情，尤其是吉柏特。他很急着要找吉柏特，等了将近一个小时，希望他能回家。他也问起桃乐希，不过似乎不是很感兴趣。"

"他有没有提到曾写信给吉柏特？"

"一个字都没提。如果你们要的话，我可以重复我们的所有对话。我没想到他会来，他甚至也没在楼下先打个电话上来，直接就来按门铃，我开了门他人就在那儿了，比起我上次见到他，他看起来老得多，而且更瘦了，我说：'你怎么来了，克莱德！'或者其他类似的话，他说：'你一个人在家吗？'我说是，他就进来了。然后他——"门铃响了，她去应门。

"你觉得怎么样？"麦考利低声问我。

"我若是开始相信咪咪，"我说，"就会希望自己够清醒不要承认。"

她从门口领着纪尔德和安迪进来。纪尔德跟我点点头，又和麦考利握了手，然后转向咪咪说："夫人，我不得不要求你告诉我们——"

麦考利插嘴："队长，请先让我讲一件重要的事情。这事情发生在乔格森太太那件事之前，而且——"

纪尔德的大手对着麦考利挥一挥说："请便。"然后在沙发的一端坐下。麦考利把早上讲过的事情又再告诉他一遍。当他提到早上曾告诉我时，纪尔德难堪地看了我一眼，之后就完全没再理我。纪尔德没打断，麦考利清晰而简洁讲了他的故事。其中两度咪咪想开口，但两次都作罢，乖乖地继续听。麦考利讲完后，他把提到债券和支票的便条递给纪尔德说："今天下午信差送来的。"

纪尔德很仔细地看了那张便条，然后问咪咪："该你了，乔格森太太。"

她把刚刚说过关于维南特来访的事情又讲了一遍，纪尔德不厌其烦地提出问题，她也都仔细地解释，但仍一口咬定维南特拒绝谈论任何有关朱丽亚·沃夫或她被谋杀的事情，至于给她的债券和支票，他说只是要照顾她和小孩而已，另外虽然维南特说他要离开，但咪咪说不知道他什么时候走、要去哪里。在场的每个人怀疑的态度似乎并不干扰她。最后她微笑道："从很多方面来说，他实在是个大好人，可是疯得厉害。"

"你的意思是，他是真的精神异常，"纪尔德说，"而不只是脱线而已？"

"是的。"

"你为什么会这样认为？"

"噢，你要跟他住在一起，才能真正明白他有多疯。"她装腔作势地说。

纪尔德似乎不太满意，问："他刚刚穿什么衣服？"

"一套褐色西装，褐色大衣和帽子，我记得鞋子也是褐色的，白衬衫，领带是灰底红褐色花纹的。"

纪尔德扭头对安迪说："交代下去。"安迪便走出去。

纪尔德挠着下巴，深思地皱起眉头。我们其他人都瞪着他瞧。然后他放下手，轮流看看咪咪和麦考利，但没有看我，问道："你们有人知道姓名缩写 D. W. Q. 是谁吗？"

麦考利缓缓地摇头。

咪咪说："不知道，怎么？"

纪尔德眼光转过来看着我："你呢？"

"没听过。"

"怎么回事？"咪咪又问。

纪尔德说："努力回想看看，他可能跟维南特有来往。"

"多久以前的事情？"麦考利问。

"现在还很难说。也许是几个月前，也可能是几年前。是个大块头，骨架大、肚子大，说不定还瘸腿。"

麦考利再度摇摇头："我不记得有谁是这个样子的。"

"我也不记得，"咪咪说，"可是我好奇得不得了，希望你告诉我们是怎么回事。"

"没问题，我会说的。"纪尔德从背心口袋掏出一支雪茄，看一看，又放回口袋，然后说："有个这副模样的死人埋在维南特店里的地板下头。"

我说："啊。"咪咪双手捂住嘴巴不发一言。她的眼睛又大又呆滞。

麦考利皱起眉头，问："你确定吗？"

纪尔德叹了口气。"这种事情不能瞎猜的。"他疲倦地说。

麦考利的脸红了，他不好意思地笑了笑："真是个蠢问题。你们是怎么发现尸体的？"

"噢，查尔斯先生一直提醒我们应该多注意那个店，所以呢，考虑到查尔斯先生这样的人，既然说出口的话，表示他知道的内情更多，我上午就派了一些人过去搜查看看。之前我们已经大略看过，结果没有收获，可是这回我叫他们要把那个地方给拆开来仔细查，因为查尔斯先生曾告诉我们要多用心留意那个地方。而查尔斯先生是对的。"他用冷酷不友善的眼神看着我，"他们仔细搜查，发现水泥地板上有个角落看起来比其他地方新，于是挖开来，发现了 D. W. Q. 先生的尸体。你们有什么看法？"

麦考利说："我觉得查尔斯先生的猜测真是太神准了。"他转向我说："你是怎么——"

纪尔德打断他："我觉得你这么说不太恰当，如果你说猜测，那没有给查尔斯先生的智慧应有的评价。"

麦考利被纪尔德的语气给搞糊涂了。他不解地看着我说："纪尔德先生对我不太满意，因为之前我隐瞒了我们早上的谈话内容，没告诉他。"

"这个部分，"纪尔德平静地赞同道，"倒是没错。"咪咪笑了，纪尔德瞪着她，她又抱以歉意的微笑。

"D. W. Q. 先生是如何被杀死的？"我问。

纪尔德迟疑着，好像在考虑该怎么回答，然后轻轻耸了一下肩膀说："我还不知道，也不晓得他是多久以前遇害的。我还没看到尸体的情形，据我所知，验尸官也还没看过。"

"尸体情形怎么样？"麦考利又问。

"噢。根据我所得到的报告，尸体被锯成一块块，用石灰或其他什么埋起来，所以没剩什么肉，不过他的衣服也包成一包埋在一起，里头的衣服可以透露一些线索。还有一截拐杖，顶端是橡胶的。这也是为什么我刚刚说他可能是个瘸子，而且——"安迪走进来，他停了下来。

"什么事？"

安迪沮丧地摇摇头："没人看到他进来，也没人看到他出去。真是笑话，这么瘦的人，瘦到来去两回连个影子都没留下？"

我笑了——不是因为那个笑话——然后说："维南特没那么瘦，不过也够瘦了，可以说瘦到像那张支票或那封信一样，人们得从纸上接触他。"

"这怎么回事？"纪尔德问，他的脸发红，眼睛既愤怒又怀疑。

"他死了。他早就死了，只活在纸上。我敢拿钱跟你打赌，那个跟瘸腿胖子的衣服埋在一起的，就是他的尸骨。"

麦考利倾斜着身子往我这里靠，说："你确定吗，查尔斯？"

纪尔德对我厉声道："你到底想说什么？"

"看你要不要打赌。谁会花那么多力气处理一具尸体，然后又把最容易透露尸体身份的衣服原封不动地放在那儿，除非——"

"可是那些衣服不是原封不动，而是——"

"当然，看起来不会是完好无缺，一定有些毁损，不过也足以告诉你凶手想透露的信息。我敢说那个姓名缩写就很清楚。"

"我不知道，"纪尔德不太有信心地说，"缩写是在皮带扣上。"我笑了。

咪咪生气地说："太荒谬了，尼克。那怎么可能是克莱德？你知道他下午来过这里，你知道他——"

"嘘——再拿他来作文章就太愚蠢了。"我告诉她，"维南特已经死了，你的小孩或许是他的继承人，你能拿到比那个抽屉里更多的钱。如果有机会拿到全部，又何必拿这么一点点黑心钱呢？"

"我不懂你在说什么。"她说，脸色非常苍白。

麦考利说："查尔斯认为维南特今天下午没来过，你是从其他人那儿拿到那些债券和支票的，也说不定是你自己偷来的。对不对？"他问我。

"差不多。"

"可是这种说法太荒谬了。"她坚持道。

"放聪明点儿，咪咪。"我说，"如果维南特三个月前就被杀害，而且凶手把他的尸体伪装成其他人，他应该会把所有权力交给他的律师麦考利。好吧，接下来，他的所有财产都会永远握在麦考利手上，或至少等到他榨干为止，因为你根本没法——"

麦考利站起来说："我知道你打算说什么，查尔斯，可是我——"

"别紧张，"纪尔德告诉他，"让他说完吧。"

"他杀了维南特，也杀了朱丽亚，还有努汉，"我肯定地对咪咪说。"你打算怎么样？成为下一个被害者？你应该很清楚，一旦你帮他撒谎，说你看到维南特还活着——因为这是他的弱点，他宣称自己是在十月之后唯一见过维南特的人——他可不会冒险让你有改变心意的机会——只需要用同一把枪把你干掉，把罪名推到维南特身上就是了。而你又为了什么？只为了抽屉里那几张烂债券。如果我们能证明维南特死了，这些债券比起你能从你一对儿女身上拿到的钱，只不过是零头罢了。"

咪咪转向麦考利说："你这狗娘养的。"纪尔德目瞪口呆地看着她，之前我所说的话都没能让他这么惊讶。

麦考利开始往外走，我没给他机会，用左手猛然给他下巴一拳。这一拳没问题，结结实实的撂倒他，可是我觉得身体左侧传来一阵灼痛，于是明白我的弹伤又裂开了。"你还要我怎么样？"我对着纪尔德吼，"要我替你把他用玻璃纸包起来吗？"

Chapter 31

我走进诺曼第旅馆时，已经快三点了。诺拉、桃乐希还有赖瑞·克罗利都在客厅里，诺拉和赖瑞正在玩陆棋，桃乐希在看报纸。

"麦考利真的杀了他们吗？"诺拉看到我马上问。

"对。早报有提到维南特吗？"

桃乐希说："没有，只提到麦考利被捕。怎么了？"

"麦考利也杀了他。"

诺拉说："真的？"赖瑞说："真想不到。"桃乐希哭了起来，诺拉惊讶地看着桃乐希。

桃乐希啜泣道："我要回家找妈妈。"

赖瑞不怎么热心地说："我很乐意陪你回去，如果你……"

桃乐希说她想走，诺拉忙着安慰她，可是并没有试图留她。赖瑞努力掩饰自己的不情愿，取了帽子和大衣，陪着桃乐希走了。诺拉在他们身后关上门，然后转身靠在门上。"解释给我听，查拉蓝比得斯先生。"她说，我摇摇头。

她在我旁边的沙发上坐下来，说："现在老实说，如果你漏掉一个字，我就——"

"说之前，我得先喝一杯。"

她诅咒着去替我倒了杯酒，问："他招供了吗？"

"为什么要招供？这样就逃不过第一级谋杀罪了。有太多谋杀了——而且至少其中两桩很明显是冷血谋杀——检察官不可能让他以第二级谋杀被起拆。除了否认之外，他别无退路。"

"不过都是他干的没错吧？"

"当然。"

她把杯子从我嘴边推开，催促着："别拖拖拉拉的了，快告诉我详情。"

"呃，我猜他和朱丽亚联手骗维南特有一段时间了。他在股市投资了不少钱，又发现了朱丽亚的过去——就像莫若力暗示的——于是他们就合伙对付维南特。我们正在找麦考利和维南特的账册，要追查钱从这个人的户头流向哪个人的户头应该不难。"

"所以你其实不知道他偷了维南特的钱？"

"当然知道。只有这样才说得通。破绽是维南特十月三日要出门旅行，因为他的确从银行户头提了五千元现金出来，可是他并没有关掉他的店，也没有放弃公寓。那是麦考利几天后去处理的。维南特是三日晚上在麦考利的家中被杀的。我们之所以知道，是因为十月四日早晨，麦考利的厨子去工作时，麦考利把她挡在门口，告诉她一些瞎编的抱怨，又给了她两个星期的薪水开除了她，免得她进去房子里面发现尸体或血迹。"

"你们是怎么发现的，别漏掉细节。"

"遵照一般程序。我们逮捕他之后，很自然的就到他的办公室和家里清查——你知道，某年某月某日晚上你人在哪里这一类的——他现在的厨子说，他是从十月八日开始替麦考利工作的，于是我们就追查出来了。另外我们也在一张桌子上发现一个很模糊的痕迹，我们希望是没擦干净的人血。鉴定人员正在化验，看他们能不能有什么结果。"（结果那是牛血。）

"所以你们不确定他——"

"别再这么说了。我们当然确定。只有这样才说得通。维南特发现了朱丽亚和麦考利在骗他的钱，而且或多或少地认为朱丽亚和麦考利背着他在一起——我们知道他嫉妒心很重——所以他就拿了不知道什么证据去找麦考利，麦考利觉得他会送自己去坐大牢，于是杀了维南特。现在别再说我们不确定了。别的方式根本就说不通。接下来，现在他有了一具尸体，很难摆脱。我可以暂停一下喝口威士忌吗？"

"只能喝一口，"诺拉说，"不过这只是推论，对不对？"

"随便你怎么讲，反正我觉得基本上没问题了。"

"可是我觉得任何人在被证明有罪之前，都应该视为无辜，如果有任何合理的怀疑，他们——"

"那是针对陪审团，不是侦探。你找到了你认为是谋杀罪的凶手，你狠狠敲他一笔，接着你让大家知道他有罪，再把他的照片登在报纸上。然后检察官根据他所能得到的资讯建立了最佳理论，同时让大家从报纸上的照片上认得他的长相——如果他没被逮捕的话，有些认为他无辜的人就会来告诉你一些有关他的事情，然后没多久，你就可以把他送上电椅了。"（两天后，一名布鲁克林的妇人认出麦考利过去三个月曾以乔治·佛利的名字向她租房子。）

"可是我觉得好像太不严谨了。"

"如果谋杀凶手是数学家，"我说，"就可以用数学来解答。可是大部分凶手不是数学家，这桩案子也不是。我不想跟你辩驳什么是对或什么是错，但如果我说他可能分尸，好把尸体装成一袋袋运进城里来，我的意思只是这是最有可能的。那应该是发生在十月六日或之后的事情，因为他是那时才解雇维南特店里的两个技工——普伦提斯和马诺顿——而且把店给关了。接下来他把维南特埋在地板下头，外加一套胖子的衣服和瘸子的拐杖，以及上头有 D. W. Q. 字样的皮带，免得浪费太多石灰——或者其他用来吃掉尸体特征和肌肉的东西。然后他再用石灰把地板重新糊好。在警方追查和新闻界的宣传之下，我们会比较有机会查出他是在哪里买来或弄来那些衣服、拐杖，还有石灰。（后来我们查到石灰的来源——他是向上城一个建材供应商买来的，可是其他东西的来路就没那么幸运了。）

"希望如此！"她说，语气中没抱太大希望。

"所以这一切搞定之后，只要跟那个店的房东续租而且一直空在那儿，假装等着维南特回来，他就可以合理的确保没有人会发现尸体，就算意外被发现，你会以为胖子 D. W. Q. 先生是被维南特所谋杀的——到时候维南特的尸体只剩下骨头，而光凭骨架也无法判断一个人是胖是瘦——于是可以解释为什么维南特一直不出面。这一部分没问题之后，麦考利就借着他律师的权力，在朱丽亚的帮助下，把维南特的钱慢慢移转到他自己名下。接下来这部分我是纯凭推理，朱丽亚并不喜欢谋杀，所以她很害怕，而麦考利并不确定她不会软弱而出卖他。所以他逼朱丽亚和莫若力断绝往来，好制造维南特嫉妒的说词。他又担心朱丽亚可能会一时软弱告诉莫若力实情，而且与朱丽亚更亲密的费斯·派普勒又快出狱了，弄得他更忧虑。只要费斯不出狱，他就很安全，因为通信得经过典狱长的检查，她不可能冒险写信告诉他这些事，可是现在……所以他开始计划，然后发生了一堆状况。咪咪带着孩子回来，开始寻找维南特，我也来到纽约，跟他们联络上，而他认为我会帮他们。于是他决定把朱丽亚解决掉，以保安全。到目前为止你觉得还可以吧？"

"对。可是……"

"结果后来情况越来越糟糕，"我赶紧说道，"那天他来这里吃中餐的路上，他停下来打电话回自己的办公室，假装他是维南特要跟他约在广场饭店见面，这么一来就先让人以为维南特在城里。他离开这里之后，就去广场饭店，还问了几个人有没有见到维南特，制造假象，而且也打电话回自己办公室，问维南特有没有再打电话来留话，然后打电话给朱丽亚。她告诉他说咪咪要过去，又说她之前告诉咪咪说不知道维南特的下落，咪咪认为她在撒谎。于是他决定抢在咪咪前头，先赶到朱丽亚那儿，把她给杀了。他的枪法很烂，大战时我见识过他的枪法，大概第一枪就没射中朱丽亚，打中了电话，另外四发也没能让她立刻死掉，不过他可能认为她已经死了。总之，他得在咪咪到达之前离开，于是他把自己带来的那个维南特的表链留下，当做证据——那个表链在他手里已经有三个月，他留在谋杀现场，看起来好像维南特是预谋要杀人——然后赶去赫尔曼的办公室，好让自己有不在场证明。只不过有两件事情他没想到，也无法事先预测，第一是一直想追朱丽亚的努汉看到他离开公寓——甚至可能听到了枪声。第二是咪咪想勒索维南特，于是把表链藏了起来，好拿来敲诈她的前夫。这就是为什么后来他必须跑去费城发那通给我的电报，还有给他自己和爱丽思姑妈的信——如果咪咪以为维南特嫁祸给她，她一气之下就会把手上对维南特不利的证据交给警方。只不过后来引得她拿出证据的，是她对乔格森的报复之心。另外，麦考利早就知道罗斯华特是乔格森，就在他杀了维南特之后，就已经派侦探去欧洲查探咪咪一家的行踪——继承权使得他们也有潜在的危险——那些侦探查出了乔格森的真实身份。我们在麦考利的档案里发现了侦探的报告，当然，他假装是替维南特查这些资料。接下来他担心我，因为我不认为维南特是凶手，而且——"

"你为什么这样想？"

"他何必写信跟替他藏匿证据的咪咪作对？这就是为什么咪咪交出证据时，我认为那些证据是栽赃的，只不过我原先以为栽赃的人是咪咪。莫若力也让麦考利很担心，因为他不希望任何人在洗清自己的嫌疑时，会把嫌疑犯指向其他的人。

咪咪那边没问题，因为她会把嫌疑丢回维南特身上，可是其他人就不然了。若是嫌疑落在维南特身上，就不会有人疑心维南特死了，而若是大家没想到麦考利已经杀了维南特，那就更没有理由想到他会杀了其他人。整个计划中最明显的关键，就是维南特一定死了。"

"你是说，你从一开始就这么想？"诺拉问我，眼光坚定地盯着我看。

"不，亲爱的，虽然我应该对自己居然没看穿这点感到惭愧，不过我一听到地板下面埋了一具尸体，就算验尸官发誓说死者是女性，我也认定那是维南特。一定是他，绝对不会错。"

"我想你一定很累了。你讲了那么多，不累才怪。"

"另外努汉也让麦考利很担心，他把莫若力扯进去，只是要向警方交代而已，他跑去找麦考利。这些又是我猜的，甜心。我曾接到一通自称是亚伯特·诺曼的人打来的电话，后来电话那头出现了很大的噪声，然后就断线了。我猜当时努汉跑去找麦考利，要他拿钱出来封他的嘴，麦考利吓唬他时，努汉为了要证明，就打电话给我，约时间要跟我碰面，看我愿不愿意买他的消息——然后麦考利抓住电话，答应要给努汉钱，当时可能只是口头承诺而已。不过后来纪尔德和我跑去找努汉谈，他偷溜掉去找麦考利，要求麦考利实践承诺，可能是一大笔钱，还答应说拿到钱他就愿意离开纽约，摆脱我们这些紧追不舍的警犬。我们确知他那天下午曾打电话去——麦考利的接线生记得曾有一位亚伯特·诺曼打过电话去，而且她还记得麦考利跟对方讲完电话之后就马上出门，所以不要以为我前面的那些推论没有道理。麦考利不会笨到以为自己付钱给努汉就能封住他的嘴，所以他就骗努汉到那个公寓，也许是事前就安排好跟他约在那儿碰面，然后杀了他。"

"可能吧！"诺拉说。

"这个字眼儿你已经讲过很多次了。给吉柏特的那封信只是要证明维南特有朱丽亚公寓的钥匙，派吉柏特去只不过是确定他会让警方逮住，警方一定会逼问他，让他坦白交出那封信和钥匙。然后咪咪终于把表链交出来，但同时又出现了另外一个状况，她说服警方对我产生疑心。今天早上麦考利来这里跟我编故事的时候，本来是打算骗我去他家，然后把我干掉，让我成为维南特名单上的第三个牺牲品。或许他后来改变心意，也可能他看我不赞成让警方一起去，起了疑心。总之，吉柏特撒谎说他见过维南特，给了他另一个主意。如果他能让其他人一口咬定说见过维南特……原因我们已经很确定了。"

"感谢老天。"

"他今天下午去找咪咪——搭电梯时故意往上多搭两楼，再走楼梯下来咪咪家，这样电梯服务员就不会记得曾载他去过咪咪那楼——跟她谈条件。他告诉咪咪，维南特无疑是凶手，问题是警方不见得能逮到他，而他麦考利手上握着所有的财产，却没有权力动，可是他确定咪咪可以，只要她答应愿意分给他。他把身上带着的债券和支票给咪咪，要她说成是维南特给的，而且她必须送一张麦考利准备好的便条过去给他，假装是维南特送去的。他向咪咪保证，维南特身为逃犯，不会出面否认送这些礼物给咪咪，而除了咪咪本人和她的子女之外，没有人能碰这些财产，也没有理由怀疑这笔交易。咪咪一向不怎么聪明，见钱眼开，所以当然就答应了，而麦考利就也得到他想要的——有个见过维南特还活着的人证。他警告咪咪说，大家都会以为维南特付钱给她是为了某些好处，但只要她矢口否认，其他人也无法证明。"

"所以今天早上他跟你说，维南特吩咐他咪咪要多少钱都照付，只不过是预做准备？"

"或许吧，也可能是还没想出这一招之前就说错了话。说到这里，我们说他是凶手，你还满意吗？"

"以某个角度来看，还算满意。这样好像够了，但不是非常完整。"

"也足够送他上电椅了，"我说，"而且都很合理，面面俱到，我想不出还可能有什么其他的理论。当然找到行凶的手枪也会有帮助，还有他用来打维南特那些信的打字机，而且这些东西应该就放在他身边某个地方，以便需要时可以随时拿来用。"（我们在布鲁克林那个他以乔治·佛利之名租来的公寓里面找到了这些东西。）

"你这样想没错，"她说，"只不过我一直以为侦探会等到每个细节都确定——"

"然后，想不通为什么嫌犯有时间逃到无法引渡的、最远的国家。"

她笑了，"好好好。你还是想明天回旧金山吗？"

"不了，除非你急着回去。我们再待在这儿一阵子吧。这个刺激让我们少喝了好多酒。"

"我没有意见。你想咪咪、桃乐希还有吉柏特现在怎么样了？"

"老样子。继续当咪咪、桃乐希和吉柏特，就像我们两个也继续当自己，昆恩夫妇也还是昆恩夫妇。谋杀不能改变任何人的生活，除非是被害人，或有时候是凶手。"

"可能是吧，"诺拉说，"可是一切实在太不圆满了。"